大富豪同心

千里眼 験力比べ

幡大介

双葉文庫

目次

この作品は双葉文庫のために書き下ろされました。

千里眼　験力《げんりき》比べ　大富豪同心

第一章　浅草寺《せんそうじ》の迷子

一

南町奉行所同心、八巻卯之吉《やまきうのきち》の朝は遅い。

昨夜も吉原に繰り出して、空が白むまでドンチャン騒ぎを繰り広げた。吉原を出たのは、明け六ツ（午前六時ごろ）の開門の後であった。

吉原は明け六ツまで大門《おおもん》を閉じて、夜間の出入りができない習わしになっている。それをよいことに徹夜で宴を張って、昇る太陽を背にしながら、八丁堀の屋敷に戻ってきた。

それから床に就くのであるから、当然、目覚めは昼過ぎ——ということになる。こんな怠惰《たいだ》が許されるのは今日が非番であるからだ。町奉行所には出仕せずとも良いのである。

とはいうものの。

町奉行所同心は非番だからといって、休んでいて許されるわけではない。非番の日には屋敷に町人が押しかけて来る。陳情や相談事を持ち込んで来るのだ。それらを聞き届けて善処したり、上司に報告、あるいは相談をせねばならない。非番だからといって寝ているような同心は、南北町奉行所合わせても、卯之吉一人しかいないのだ。


ドタバタと、けたたましい足音が響いてきて、卯之吉は目を覚ました。

(銀八《ぎんぱち》だね……)

家の中でここまで粗忽《そこつ》な足音を立てる男は銀八以外には考えられない。二日酔いの頭にズキズキと響く。卯之吉は頭の上まで布団を被った。

「若旦那ッ」

障子を開けて、座敷に飛び込んでくるなり銀八が叫んだ。卯之吉は辛そうに顔をしかめて「うーうー」と唸《うな》った。

「若旦那！　起きてくださいッ」

銀八が布団を捲《まく》り上げようとする。卯之吉は布団の内側にしがみついて、布団を引き剝《は》がされまいとした。

「まだ寝かせておいておくれ……」

情け無い声で訴える。

銀八は卯之吉に雇われている幇間《ほうかん》だ。旦那のわがままは聞き届けなければならない立場のはずだが、今日に限っては何故か執拗《しつよう》であった。

「起きてください！　お客様でげす！」

強く布団を引っ張る。卯之吉は布団を両腕で抱え込んで抗《あらが》った。

「お客ならお前が応対しておくれな。……ああ、眠い」

「そうはいかないでげすよ！」

卯之吉は仕方なく、片方の目だけを開けた。

「いったい誰が来たっていうんだい。お奉行所の上役様かい？」

「違うでげす」

「それじゃあ町人かい。八巻の旦那はお留守だよ。帰っておもらい」

「八巻の旦那は若旦那でしょうが」

銀八は首を傾《かし》げた。卯之吉は未《いま》だに商家の放蕩《ほうとう》息子気分が抜けきれず、南町の八巻サマはどこかの別人だと思い込んでいる（のではないか）という気配が濃厚なのだ。

「とにかくだね、あたしはまだ、起き出すつもりはないからね」

そう言うと、ゴロンと寝返りを打って反対側を向いてしまった。

「そうは問屋が卸さないでげすよ、若旦那！」

銀八が卯之吉の肩に手をかけて、こちらに寝返りを打たせ直した。卯之吉は切なそうに顔を振った。

「今日のお前はやけにしつこいねぇ……。いったいどなたがお越しになったっていうんだい」

「三国屋《みくにや》の大旦那様でげすよ！」

「ええ……？　お祖父《じい》様がお見えなのかい」

江戸一番の札差にして両替商、おまけに大名相手の高利貸しでもある三国屋徳《とく》右衛門《えもん》は、卯之吉の祖父であり、唯一頭の上がらない相手だ。

「若旦那を同心様に仕立て上げたのは大旦那様でげす！　若旦那が昼まで寝てる、なんて知れたら、大変なことになるでげす！」

「大変なことにねぇ……」

卯之吉はようやく上半身を起こして、布団の上であぐらをかいて大あくびをした。

卯之吉は、なりたくて同心になったわけではない。

「お叱りを受けて、同心様のお役を取り上げてもらえるのなら、かえって結構な話なんだけどねぇ……」

そうすれば元の気楽な若旦那に戻れる、などと、横着《おうちゃく》なことを考えている。

「ま、お祖父様が来たというのに、寝てもいられないねぇ」

さすがの卯之吉でも、最低限、人の道というものは理解しているようだ。

「起き出すとするかね」

ノソノソと立ち上がる。銀八が取りついて寝間着の帯を解いた。卯之吉は痩身の撫《な》で肩なので、帯を失った寝間着は足元までストンと落ちた。

襦袢《じゅばん》を着せられ、腰ひもを締められ、続いて両足に足袋《たび》を履かされ、同心らしい黄八丈の長衣《ながぎぬ》を着せ掛けられ、襟を合わせて帯を締められる。その間、卯之吉は何もしない。眠そうに突っ立って、何度かあくびを漏らしただけだ。

「次は髷《まげ》を直すでげす」

寝崩れた髷に櫛《くし》を入れて整えねばならない。

「その前にオシッコ」

卯之吉はそう言って、奥の雪隠《せっちん》へと向かう。仕方なく銀八もついてゆく。

長々と放尿し終えた卯之吉が出てきて、手水鉢《ちょうずばち》の前に両腕をニュウッと突き出した。指はダラリと下に下げている。まるで幽霊画のようだ。

銀八は手水鉢の水を杓《ひしゃく》で掬《すく》って卯之吉の手に掛けた。卯之吉は手を擦《こす》り合わせて汚れを流した。続いて銀八は手水鉢の上に掛けられてあった手拭《てぬぐ》いを取って、卯之吉の指を甲斐甲斐《かいがい》しく拭った。卯之吉自身は何もしない。世話してくれる者がいないと小便すらまともにできない。それが豪商の若旦那というものであった。

座敷に戻って正座して、銀八に髪を梳《す》いてもらう。その間にもコックリコックリと船を漕《こ》ぐので、髪を梳きづらいことと言ったらなかった。

最後に三ツ紋付きの黒羽織を着せ掛けられて、羽織紐を結び、同心の装束《しょうぞく》が完成した。そして卯之吉は「ふわぁぁぁっ」と、一際《ひときわ》大きなあくびを漏らした。

銀八は、

(三国屋の大旦那様をこんなにお待たせして、罰が当たるでげす)

と思った。

札差は、徳川《とくがわ》幕府の直轄領（公領。のちに天領と呼ばれた）から穫れる年貢米を預かって、米問屋に卸し、現金に換えて、その現金を徳川家の家臣たち（旗本や御家人）に届けるのが仕事だ。商人階層ではあるが、仕事の内容は幕府の公務そのものである。札差が一つ判断を誤れば、旗本八万騎が揃って破産しかねない。そんな大事な仕事を請け負っている。

当然、昼も夜もなく忙しいわけで、二日酔いの同心が起き出すのを待っている時間などないはずだ。

卯之吉は、まったく何も理解していない顔つきで、だらしなく足を引きずるようにして、表の座敷に向かった。町人などの陳情を聞き届けるための部屋なのだが、卯之吉はほとんど使ったことがなかった。

障子を開けて座敷に入る。

「お祖父様――」

おはようございます、と言おうとした瞬間、

「ハハーッ！」

下座に遜《へりくだ》っていた三国屋徳右衛門が深々と、額《ひたい》を畳に擦りつけるほどに低頭した。

これには卯之吉も驚いてしまい、眠気も吹っ飛ばして（どうしたものか）という顔をした。

三国屋徳右衛門は江戸一番の札差にして両替商。そして高利貸し。日本一の豪商と言って良い。

幕府の勘定奉行とも対等に渡り合う。時には幕府の経済政策に対して、否定的な献言《けんげん》をすることもある。教条的な武士が相手の商売では、それぐらいの胆力がなければやってゆけない。

結果としては〝お上のため〟を思っての献言であったとしても、勘定奉行や老中たちに「否」を突きつけるわけであるから、世間の目には傲岸不遜《ごうがんふそん》そのものに見える。

江戸一番の驕《おご》り者——そういう評判を取っているはずの徳右衛門が、一介の町方同心に頭を下げている。まるで町奉行の白州《しらす》に引き出された罪人みたいに恐れ戦《おのの》いている。

卯之吉は突っ立ったまま銀八と顔を見合わせた。銀八もますます困った顔つきだ。

「とにかく、お座りくださいやし」

銀八は上座を指差した。卯之吉が座らないことには、徳右衛門は頭を上げそうになかったからだ。

仕方なく卯之吉が腰を下ろす。

（自分の祖父を下座に据えて、上座に座るのってのは、どうだろうか）

という顔をしたのであるが、そんな殊勝《しゅしょう》さもほんの一瞬だけのこと。目で莨盆《たばこぼん》が置かれた場所を探っているのだから、たいした横着者である。

銀八は徳右衛門に遠慮して、廊下の板敷きに正座した。

卯之吉と銀八が座っても、徳右衛門は顔を上げない。仕方なく銀八は、芝居の一場面を思い出しながら、

「三国屋徳右衛門。面《おもて》を上げませィ」

などと甲高《かんだか》い声で言ってみた。すると案の定、徳右衛門が、

「ハハーッ。ご尊顔《そんがん》を、拝し奉《たてまつ》りまする～」

などと言いながら身体《からだ》を起こした。銀八は、

（孫が孫なら、祖父も祖父でげす）

と、呆《あき》れた。

徳右衛門は、孫の卯之吉が可愛くて可愛くて仕方がない。ウットリと蕩《とろ》けるよ

うな目つきで見つめている。徳右衛門は齢《よわい》七十になろうかという老人だが、その顔つきは、贔屓《ひいき》の役者を見つめる十四、五の娘のようだ。

「八巻様におかれましては、ご多忙のところ、この三国屋徳右衛門の如きつまらぬ者のために御出座を賜《たまわ》りまして、幸甚《こうじん》至極に存じあげ奉りまする〜」

そう言いながら、もう一回、深々と拝礼した。

徳右衛門は大名相手の高利貸しでもある。借金の返済が滞《とどこお》った大名家に対しては、甚《はなは》だ冷淡に振る舞い、江戸家老を三国屋に呼びつけることすらあった。徳右衛門がここまで遜って挨拶《あいさつ》をする相手は、南町奉行所の八巻卯之吉ただ一人だけであったろう。

「南町の八巻様におかれましては、昨今ますますのご高名。そのご評判は江戸の町の隅々《すみずみ》にまで、轟《とどろ》き渡っておりまする〜」

「あ、あのですね……」

さすがの卯之吉も、いささか焦りを禁じ得ない。このまま放っておくと、どうなってしまうのか。

「それで、本日、お訪ねになったご用向きは……」

恐る恐る訊《たず》ねると、徳右衛門は「ハッ」と顔つきを変えた。

「これはたいへん申し訳ございませぬ！　江戸一番の辣腕《らつわん》同心とご評判の八巻様。お役目は山と積もっておりましょうに、それも察し得ず――」

「いやいやいや、そんなことはないですけれど」

放っておくと半刻《はんとき》（一時間）でも謝《あやま》り続けそうなので、急いで卯之吉は訊ねた。

「それで、何事か、ございましたかねぇ？」

「あっ、はい」

徳右衛門はゴホゴホと咳をした。老体なのに喋《しゃべ》り続けて喉《のど》を枯らしてしまったらしい。

「銀八、お茶をお持ちして」

「へいへい」

銀八が身軽に腰を上げた。徳右衛門は（感動しきった！）という顔つきで身を震わせた。

「手前如きになんと有り難いご厚情！　さすがは江戸一番の同心様！　そのお優しいお心があればこそ、町人たちも八巻様をお慕いして――」

もうどうにもなりそうにないので、卯之吉はしばらく祖父に勝手に喋らせておくことにした。

「実はでございます――」

茶を喫して喉を湿らせた徳右衛門が、ようやく、本題を切り出した。

「千代田《ちよだ》のお城に不穏な噂が流れておるのでございます」

「千代田のお城？」

卯之吉は首を傾げた。

「それは、将軍様がお住まいになっていらっしゃる、千代田のお城のことでございますかえ」

「もちろんのこと、その千代田のお城にございますよ。千代田のお城は天下に二つとございませぬ」

「それはそうでしょうけれども……」

卯之吉は再び首を傾げた。

「千代田のお城といったら、雲の上にお住まいの、お大名様がたがお過ごしの御殿でございますよねぇ？　どうしてそんな所で囁《ささや》かれているお噂を、お祖父様が御存知なのでございますかね？」

「それはもちろん、八巻様……」

徳右衛門が、謙遜《けんそん》と傲慢《ごうまん》な自尊心の混ざり合ったような表情を浮かべた。

「手前の稼業は、柳営《りゅうえい》のご重役様がたのご意向にも通じていないことには、成り立たぬものでございますから……」

柳営とは幕府のことである。

札差は年貢米を金に換えるのが仕事だが、幕府にとって米は食料ではない。貨幣であり戦略物資である。そんな大事なものを扱うのであるから、当然、幕府の重役たちの意向や、権力闘争の行方《ゆくえ》などに通じていなければならない。

「それなりに金も使っておりますれば、柳営内のことも、それなりに聞こえて参るのでございまする」

「はぁ……それなりに。左様ですか」

卯之吉は、また、首を傾げた。

端で見ている銀八も、首を傾げたくなった。

卯之吉も札差の家に生まれたのだから、自分の家がどんな商売をやっているのかぐらいは理解していても良いはずだ。それなのに、わざわざ説明してもらわなければならないとは。

しかも、説明してもらっても、いまひとつ理解できていない様子だ。

(いかに凄《すさ》まじい怠け者だったかがわかる、というものでげす)

もっとも、そのお陰で銀八は幇間として生きてゆけるのだから文句は言えない。


卯之吉は徳右衛門に訊ねた。

「それで、どういったお噂が、流れているのでしょうかね?」

「それがでございます、八巻様……」

こんな屋敷で、他に誰も聞いているはずもないのに、徳右衛門は身を前かがみにして、声をひそめた。

「本多《ほんだ》出雲守《いずものかみ》様のお加減が、なにやら思わしくないご様子でございまして」

「ああ」

「評定所《ひょうじょうしょ》や御用部屋にお座りになっているだけでもお辛そう、とのこと」

すると卯之吉は、唐突《とうとつ》に精気を漲《みなぎ》らせて身を乗り出した。

「どんなふうに、お辛そうなのですかね?」

「なにやら、冷汗などおかきになって、顔色も悪《あ》しく……」

「それなら心配いりませんよ」

卯之吉は呑気そうに微笑《ほほえ》んだ。

「お尻の肉が治りかけてきたからこそ、お辛いのですよ。あのまま肉が腐っていたら、痛みもなにも感じないまま、お亡くなりになっていたでしょうからねぇ」

「あの、八巻様……？」

徳右衛門が、卯之吉の顔を覗きこんだ。

「八巻様は、本多出雲守様のご容態について、なにか御存知なので？」

「ええ、まぁね」

出雲守の尻にできた腫《は》れ物を治療しているのは卯之吉だ。漢方医薬の鍼灸《しんきゅう》では根治の難しい皮膚病を、蘭方医学の知識と、卯之吉ならではの根気の良さで、面倒を見続けていたのである。

そうとは知らない徳右衛門は、大仰《おおぎょう》な態度で驚いた。

「さすがは八巻様！　ご老中様のご病状にまで通じていらっしゃるとは！　さすがは日《ひ》ノ本《もと》一の――」

「いや、そんなたいしたことではないのですがね、まぁ、ご心配には及びませんよ」

卯之吉は、治療の手応えを感じていたので、自信ありげに頷《うなず》いた。そんな様子を余人《よじん》が見れば、なるほど確かに、辣腕同心らしい姿に見えたには違いない。

徳右衛門は「ホッ」と胸を撫で下ろした。

自分の孫が、ろくでもない放蕩者だということを誰よりも知っていたはずなのに、卯之吉の辣腕同心伝説を誰よりも信じきっている徳右衛門なのだ。

「それを伺《うかが》いまして安堵《あんど》いたしました。八巻様も御存知のように、手前の三国屋にとりまして、本多出雲守様は大きな後ろ楯にございまする。三国屋がお上の御用を承《うけたまわ》ることができますのも、出雲守様のご信任があればこそにございまする」

要するに癒着《ゆちゃく》している、ということだ。

出雲守は三国屋に大きな利権を与え、三国屋はその見返りとして本多出雲守に多額の賂《まいない》を贈ってきた。老中と政商の二人三脚で、公領の年貢米を右から左へ動かして、大儲《おおもう》けしていたのであった。

「出雲守様のお身体《からだ》に障《さわ》りがあると見て取って、なにやら、妙な動きもあると耳にいたしましたもので……」

「妙な動き？　どなたに、どんな？」

「千代田のお城のご重役様がた、例えば他のご老中様や、若年寄様などですよ。なにしろ出雲守様は、権勢第一の筆頭老中様でございますからね。お身体が弱ったと見て取れば、『我こそがとって代わろう』などとお考えになる重臣様がたもいらっしゃるのですよ。そうすると、いささか困ったことに……」

重役たちには、それぞれに政商が癒着している。それら政商たちからすれば、三国屋にとって代わる好機でもある。

徳右衛門の悩みは尽きない。江戸一番の豪商の座も、ちょっとの油断と不運で奪い取られる。

「この歳になっても、いっこうに骨休めができない、ということでございましてねぇ」

「はぁ。大変ですねぇ。しかし手前は蘭方医。鍼灸や按摩《あんま》の心得はございませんのでねぇ」

などと卯之吉は、いつものように的外《まとはず》れな物言いをした。

出雲守が権力の座から追い落とされれば、自分が豪遊するための資金も得られなくなるのだが、そこまで理解しているかどうかも、また怪しい。

せんから」

「本多出雲守様のことは、手前にお任せくださいましよ。悪いようにはいたしま

などと、天下の筆頭老中について、江戸一番の札差を相手に、安請け合いをし

たのであった。

二

江戸の何処《いずこ》とも知れぬ場所。茶室の障子戸が半分ほど開けられて、外の竹林が

見える。春風に揺られた笹の葉がサラサラと音を立てている。鶯《うぐいす》の鳴く声も聞

こえていた。

囲炉裏《いろり》に据えられた茶釜が湯気を立てている。茶釜の前には、険《けわ》しい顔つき

の、五十歳ほどの男が座っていた。

何を思うのか黙然《もくねん》と目を閉じている。身につけている装束は豊かな商人を思わ

せる生地《きじ》と仕立てだ。なかなかの洒落者《しゃれもの》らしい身形《みなり》である。白髪《しらが》の混じった髷も

綺麗《きれい》に結い上げて、月代《さかやき》やひげも丁寧《ていねい》に剃っていた。

この男こそが、上方《かみがた》の犯罪社会を牛耳ってきた闇の大物、人呼んで〝天満屋《てんまや》の

元締〟であった。生国《しょうごく》も、出生も、本名も、知られていない。本人もけっして

語ろうとはしなかった。

本所竪川《ほんじょたてかわ》の潰《つぶ》れ商家に拠点を定めて、様々な悪事を働いてきたのだが、その隠れ家も、噂の辣腕同心、八巻卯之吉に嗅ぎつけられて、捕方《とりかた》の手入れを受けた。すんでのところで逃《のが》れることには成功したが、江戸の拠点を放棄しなければならなくなったことは、かなりの痛手であった。

なによりも矜持《きょうじ》と面目《めんぼく》が損なわれたことが大きい。

江戸とその周辺に潜《ひそ》んだ悪党たちは、天満屋の元締と南町の八巻の戦いを、固《かた》唾《ず》を呑んで見守っている。

そして天満屋は一敗地《いっぱいち》に塗《まみ》れた。これによって天満屋の評判と信用は大きく損なわれた。誰よりも天満屋自身がそう感じていたのだ。

（この借りは、返さねばなるまい）

さもないと、悪党どもの心が離れる。

悪党に忠義心はない。金と力がある者のところに集まってくる。金と力がある者の言うことにだけ従うのだ。

その時、茶室に何者かが近づいてきた。躙口《にじりぐち》の外から声がした。

「元締、皆さん、お揃いでございますよ」

声の主は早耳《はやみみ》ノ才次郎《さいじろう》。天満屋の下で働く小悪党である。足が滅法《めっぽう》早いので、繋《つな》ぎ（連絡）役として重宝《ちょうほう》されていた。

「今、行くよ」

天満屋は着物の裾《すそ》を払って立ち上がった。手下の前で弱気な姿は、けっして見せられない。

茶室を出ると、才次郎に向かって、囲炉裏の炭を火消壺《ひけしつぼ》に移すように命じた。

自分は、ゆったりとした足どりで母屋へ向かった。

竹林に囲まれたその建物は、豪商の寮か、大身《たいしん》旗本の別邸のようであった。良く造作された庭だが枯れ草も見える。この枯れ草は去年の夏草だ。一年ばかり住む人もなく、放置されていたことが窺《うかが》われた。

元締は沓脱《くつぬ》ぎ石で雪駄《せった》を脱いで濡《ぬ》れ縁《えん》に上がり、座敷の障子を開けた。

座敷には、三人の男が座っていた。

一人は六十ばかりの老人で、カルサン袴と袖無しの羽織を着けている。面長《おもなが》の顔だちには典雅な気品が感じられた。なにやら、俳諧師《はいかいし》か絵師を思わせる風姿であった。

もう一人は山伏姿の大男である。頭は青々と剃り上げている。頬《ほお》や顎《あご》も、ひげの剃り跡が濃い。白の浄衣《じょうえ》の袖から出した太い腕にも黒々とした毛が生えていた。目は細く、眉毛は薄い。唇は耳まで裂けるか、と思わせるほどに広かった。なんとも不気味な異相である。

最後の一人は鼻眼鏡をかけた若い武士であった。痩身で、肌の色が驚くほどに白い。髪の色も栗色だ。本当に栗の皮のような色をしている。歳は二十代半ばであろうか。女形《おやま》のように整った顔だちをしていたが、その目は蛇か蜥蜴《とかげ》のように冷たい光を宿していた。

三人は天満屋に向かって一斉《いっせい》に鋭い目を向けた。悪党特有の殺気走った目つきで、座敷の空気が一瞬にして凍りつくかのようであったけれども、天満屋は気にした様子もなく踏み込んで、ドッカリと腰を下ろした。

座敷の奥の襖《ふすま》が開いて石川左文字《いしかわさもんじ》が顔を出した。軍師気取りの浪人で、殺気の漲る一同の中では、この男の物腰だけが、やたらと軽く見えた。

石川が薄笑いを天満屋に向けた。

「元締、お指図のとおりに、助っ人の衆を集めて参りましたよ」

軽薄な物言いで腰を下ろした。天満屋は労をねぎらう言葉すら、かけなかった。

「えらい、難儀をしとるようやな」

俳諧師のような老人が、取ってつけたような上方言葉でそう言った。生国は上方ではないのかも知れない。

大坂《おおさか》という町は、この時代、日本全国から集まった商人たちによって運営されていた。さらには全国の諸大名の勘定方が年貢米の売り買いのために居住していた。いつの時代も大都会の常で、余所者《よそもの》ばかりが集まっていたのだ。

そもそも大坂は、成り立ちからして関西人が造った町ではない。石山本願寺《いしやまほんがんじ》の門徒であった北陸人と、秀吉《ひでよし》に招聘《しょうへい》された近江《おうみ》商人が造った町だ。

江戸時代には米の一大産地であった陸奥《むつ》と出羽《でわ》の両国から乗り込んできた豪商、豪農たちが幅を利かせていた。堂島《どうじま》の米会所で生まれたローソク足チャートを考案したのは出羽山形の商人、本間宗久《ほんまそうきゆう》である。大坂人が誇る米会所は、東北人が仕切っていたのだ。

この時代の日本には共通語などは存在していないから、上方に赴《おもむ》いた人間は、誰もがエセ関西弁で喋らなければならない。そうしないと意思の疎通ができない。他国者がエセ関西弁を喋りながら大いに繁栄していたのが大坂である。関西人がエセ関西弁を嫌うようになったのは、上方が〝ただの地方都市〟に転落した明治以降の話であろう。

どこの生まれとも知れぬが、上方言葉を使うようになったその老人は、人が悪そうにニヤリと笑った。

「そうしたら、名乗らせてもらいましょう。手前は大津屋宗龍《おおつやそうたつ》、申します。生業《なりわい》は、俳句を詠んだり、絵を描いたり、いろいろや」

「良い身分だな」

天満屋がそう言うと、宗龍は首を横に振った。

「好きな道ではあるが、飯などよう食えん。他の手立てで銭を稼がなあかん」

その銭を稼ぐ手立てというのが、悪事そのものであるようだ。

続いて山伏が、熊の唸るような声を出した。

「拙僧は金峰山《きんぶせん》が修験《しゅげん》、金剛坊《こんごうぼう》」

名乗りだけはたいそう立派である。

最後に、色の白い若い武士が、鼻眼鏡を指で押さえながら名乗った。

「大橋式部《おおはししきぶ》」

そう言うなり、関心を失くした様子で横を向いた。

「こちらの先生は、蘭方医学の達人で、毒飼いの先生でもあるんや」

宗龍がそう説明した。毒飼いとは、毒殺を専門にする殺し屋のことである。

と、どうやら年長者の宗龍が、三人の中では頭目格《とうもくかく》であるようにも見える。

「それにしても南町の八巻様いうんは、たいそう威のあるお役人様でんな。あ、そうそう。大坂では町奉行所は、西と東に二つあって、西町奉行所、東町奉行所いいますのや。北町奉行所、南町奉行所いうんは、なんとのぅ、納《おさ》まりが悪いでんなぁ」

と、どうでもいいことを口にした。

天満屋は傍《かたわ》らの莨盆を引き寄せると、煙管《きせる》に莨を詰めて火をつけた。紫煙《しえん》を吐きながら訊ねた。

「それで、八巻を始末する策はつきましたかね」

宗龍は意味ありげに微笑んだ。

「手前が調べたところによれば、八巻の神通力とも言える力の源は二つ。三国屋の財力と、老中、本多出雲守の権勢やな」

「そんなことは、わかっている」

八巻本人の剣の腕や、知力もさることながら、この二つの後ろ楯が厄介《やっかい》なのだ。

「これまで八巻に挑んで、倒されていった悪党どもも、単に剣の腕や、智慧《ちえ》の働きで八巻に後《おく》れを取ったわけではない。三国屋の財力と老中の権力の前には、どうあっても太刀《たち》打ちできなかったのだ」

「そうでっしゃろな」

天満屋の渋い顔つきとは裏腹に、宗龍はニンマリと笑み崩れた。天満屋は不愉快そうに黙り込む。

代わりに石川が訊ねた。

「宗龍宗匠には、なんぞよい智慧がおありか」

宗匠とは俳句などの先生に対する敬称だ。

宗龍は石川に目を向けて、ニヤリと笑い、頷いた。

「手前が案ずるに、三国屋の財力と、本多出雲守の権勢とは、同じものや」

「同じもの？」

「そうや。皆、そこを心得違いしとる。豪商の財力と老中の権力とを、別個に考えとるから、ますます八巻が大きな敵に見えてしまうのや」

石川は首を捻《ひね》った。

「つまり、三国屋を潰せば、本多出雲守は権勢を失う、あるいは、本多出雲守が権勢を失えば、三国屋は潰れる、ということか?」

「そういうこっちゃ。あんた、なかなか頭がよろしいな」

石川はムッと顔つきを変えた。軍師気取りでいるぐらいだから、頭の良さには自負がある。寺子屋の子供のように褒《ほ》められるのは、かえって侮辱《ぶじょく》だ。

「だが、そのどちらも、我らの手には余るぞ」

そう言い返した。闇社会の巨魁《きょかい》を気取ったところで、老中や、日本一の札差に敵《かな》いはしない。

「ところが、そうでもないのや」

「なんだと」

「銭いうんは、恐ろしいもんや。大坂の商人ならみんな知っとる。貧乏人を一晩で長者にしてくれるのも銭、長者様を一夜にして宿無しにしてしまうのも銭や」

「三国屋を仕舞いにする(破産させる)ことができるとでも言うのか」

「それはどうかわからん。なにしろ三国屋の商いは米やからな。米は毎年、田圃《たんぼ》で取れる。百姓衆が汗水たらして米作りをして、年貢を納めてくれるから、三国屋の元手は底無しや」

「なにを言ってるのか、さっぱりわからぬ」

「せやから、三国屋を潰すには、銭の力ではどうにもならん、言うたやないか。三国屋を潰すにはあと一工夫いる。その工夫とは、本多出雲守から権勢を取り上げることや」

「どうやって」

「本多出雲守の権勢は、三国屋からもたらされる底無しの賂にある。そやったら、三国屋以上の大枚《たいまい》を、別の老中サマのお袖の下に忍ばせればええのや」

「馬鹿な！　そんな大金がどこにある」

「これから作る」

「できるわけがない」

「できる。それも、たったの一晩や」

宗龍はキッパリと答え、石川は目を剝《む》き、天満屋は片方の眉《まゆ》をちょっとだけ上げた。

「どうやって作るのだね」

天満屋が訊ねる。宗龍は、またもニヤリと、嫌らしく笑った。

「それが、これからの工夫や」

三

その日の夜も卯之吉は吉原に繰り出して、馴染みの大見世《おおみせ》、大黒屋《だいこくや》の二階座敷で盛大な宴会を催《もよお》した。

三味線の掻《か》き鳴らされる中で、銀八が、見るに耐えない無様極《ぶざま》まる踊りを披露している。金屏風《きんびょうぶ》を背にして座った卯之吉は、満足そうに金扇《きんせん》を振って褒め讃《たた》えた。

「お前《め》ぇさんの物好きにゃあ、毎度のことながら驚かされるぜ」

横に座っている小太りの中年男は、遊び人の朔太郎《さくたろう》。その正体は寺社奉行所の大検使、庄田《しょうだ》朔太郎である。町奉行所なら与力に相当する重役だが、実際の身分は町方与力よりもさらに偉い。

寺社奉行所という役所は、仕事が少なくて暇である。それをいいことに遊び人を気取って、吉原や深川などで飲み歩いている。

「ところで朔太郎さん」

大盃《たいはい》を飲み干してもケロリとしながら卯之吉が訊ねた。

「本多出雲守様に取って代わろうかという御方ってのは、いったい、どこのどなた様のことなのでしょうねぇ？」

「なんだぁ？」

朔太郎が（意表を衝《つ》かれた）という顔をした。

「お前ぇさんが政《まつりごと》の話を口にするなんて珍しいじゃねぇか。……というか、これまでは絶えてなかったことだぜ」

吉原では、大名屋敷の江戸家老や江戸留守居役など（大名家によって呼び名は異なる）が会合を持って、政治に関わる密談をする。

悪く言えば、藩の公金で重役が遊んでいる、ということになるのだが、他に会合のできる場所がないのだから仕方がない。

どこかの大名の屋敷に集まったりしていたら、謀叛《むほん》の密約を交わしていると疑われる。「わたしたちは女遊びをしているのです」というふうに装って、会合するしかないのだ。

しかし、やはり遊里で政治談義などは野暮《やぼ》の骨頂《こっちょう》。通人《つうじん》や遊び人を名乗るのならば、政談は避けるべきだ。

それにである。卯之吉は政談などをしようにも、それに対する関心や知識はまったくない。南町奉行所内の与力たちの出世争いにすら、関心を持たない男なのだけだぜ」

卯之吉は「フフフ」と笑った。

「たまの余興にね、そういう話も悪くないと思ったものでね」

朔太郎はますます呆れた。

「余興で、柳営の出世争いを語るヤツなんざ、天下広しといえども卯之さんだけだぜ」

銀八のような幇間を面白がって可愛がったり、政治談義を余興にしたり。なんとも凄まじい変人だ。

「そう言やぁ、出雲守様の御気色《みけしき》が、近頃めっきり優《すぐ》れねぇって噂だな」

「ああ、やっぱりそんな噂が聞こえてましたかえ」

「なんだよ、お前ェさんも知ってたのか」

「ええ、まぁ。三国屋のほうから、ちらほらと」

「出雲守様は三国屋の後ろ楯だからなぁ。そりゃあ気になる話だろうぜ。そんでまぁ、お訊ねの件だがね」

朔太郎は卯之吉ほどには、遊び人に徹しきれていないので、大検使の顔つきに戻った。

「本多出雲守様に取って代わろうってぇ野心を持ってる殿様といったら、オイラの殿様がそうかもしれねぇな」

「えっ、朔太郎さんのお殿様が……」

朔太郎はニヤニヤと笑った。


寺社奉行は譜代の名門大名が就任する役職だ。

老中職に就任できるのも、譜代の名門大名に限られていた。彼ら譜代大名たちは、まず奏者番（江戸城に出仕してきた大名の名を将軍の前で読み上げる役）に補任される。寺社奉行は奏者番の兼任だ。奏者番ならびに寺社奉行としての働きぶりは老中たちによって査定され、有能であると認められた者は若年寄などに出世し、さらにその中から選ばれた者だけが老中に就任する。

朔太郎がどこまで本気で言ったのかはわからない。寺社奉行に就任している大名はまだ二十代がほとんどで、老中に辿《たど》り着くのは十年から三十年ほど先の話だ。

「そうだったのかえ」

朔太郎の言葉を真《ま》に受けた卯之吉は、ちょっと驚いた顔をした。

「それは困ったね。あたしが本多出雲守様のご病気を治したら、朔太郎さんのお殿様が困るってわけかえ……」

「なにをボソボソと言ってるんだい」

三味線の音が騒がしくて、良く聞き取れない。もっともそのお陰で卯之吉と朔太郎は、遊女には聞かせられない、こんな話もできるわけだが。

「いえ、なんてこともない話ですがね、あたしが診ている病人がね、お加減が良くなってきているのですが、世間様では、そうは思われていないようでしてね」

「なにを言ってるのかさっぱりわからねぇよ」

南町奉行所の同心で、その実体は放蕩者の卯之吉が、蘭方医の腕を買われて出雲守の治療をしている——などという話を理解したり、想像したりするのは不可能に近い。

朔太郎は話を戻した。

「本多出雲守様に万が一のことがあった場合に、取って代わって柳営の舵取《かじと》りをするのは、老中の、松平相模守《まつだいらさがみのかみ》様あたりだろうかねぇ」

老中は四人から六人が就任している。主導権を握っているのは一人だ。

「松平相模守様は、二代前の将軍様の血をひいていなさる貴種だぜ」

「将軍様のお孫様？」

「将軍家の姫君様が松平家に嫁に入られたのよ」

「なるほど」

「外孫とはいえ、将軍様の孫は偉《えれ》ぇや。相模守様ご本人も、きっとそう思っていなさるだろう」

卯之吉は自分で話を振っておきながら、早くも聞き飽きてしまったのか、膳の料理を箸でつついている。

そうとは思わぬ朔太郎は、真面目な顔で話し続けた。

「我こそは将軍の血筋なり、との自負を抱いていなさる相模守様は、柳営を思うがままに動かしたいと思っていなさることだろう。そんな相模守様にとって、目の上のたんこぶは、本多出雲守様だ」

「ふんふん。朔太郎さん、この〆昆布《しめこんぶ》、美味《おい》しいですよ」

「おい、ちゃんと聞いてるのかよ」

「ええ、聞いてます、聞いてます。……しかしまぁ、いかに将軍家のお孫様といっても、本多出雲守様の権勢をどうこうするのは、難しいんでしょうね」

本多出雲守には三国屋の財力がついている。卯之吉はまったく人ごとのような顔をして言った。

「そういうこったな。だから卯之さんも安心して酒が飲めるってことだ」

朔太郎は、そう話を締めくくった。

四

美鈴《みすず》は日光《にっこう》街道を南へ、江戸に向かって歩いている。

袴を着けて、腰には二刀を差していた。女人《にょにん》にしては長身で、背筋をスッと伸ばし、大股に闊歩《かっぽ》する姿は若侍にしか見えない。美しい素顔を隠すため目深に被った笠を、春の陽差しが燦々《さんさん》と照らしていた。

美鈴の実家は下谷通新町《したやとおりしんまち》にある。吉原の西に五、六町（一町はおよそ一〇九メートル）ほど離れた、実に辺鄙《へんぴ》な在郷だ。江戸の市中ではあるが、周囲には田圃と畑が広がっていた。

美鈴の父親は町道場の主で、剣術指南をたつきとしていた。

どうしても実家に帰らねばならない用事があって、里帰りをしていたのだけれど、内心は気が気ではなかった。

（あたしが留守にしている間に旦那様は……）

吉原などで遊興をしているのに違いない。

（どうして旦那様はあんなに遊び好きなのだろう）

憤慨《ふんがい》しながら歩いているうちに、足は勝手に日光街道を離れて、吉原のほうに向いていた。

田圃の中を畦道《あぜみち》が通っている。この界隈《かいわい》は昼間でも追剝《おいはぎ》が出没する。治安が悪い。吉原通いの遊び人の懐《ふところ》には大金が収まっているので、それを狙う曲者《くせもの》どもが後を絶たない。

しかし美鈴には剣の腕があった。悪党の一人や二人、相手をするのになんの雑作《ぞうさ》もいらないのだ。

それに昨今、吉原の周辺では、追剝や強盗の数が目に見えて減った。悪党どもは、噂の人斬り同心、八巻卯之吉の追剝狩りを恐れて、近寄らないのだ。

美鈴は吉原大門の前に立ち止まった。昼間から賑々《にぎにぎ》しい管弦の音が聞こえている。

吉原の大門の前に辿り着いたものの、

（どうしてあたしはこんな所に来てしまったのか）

今更《いまさら》ながら正気に返った心地《ここち》がして、美鈴は大門に背を向けた。

吉原の会所の四郎兵衛《しろべえ》親分とは顔見知りであるので、中に入るのはなんの不都合もないのだが、吉原に用があったわけでもない。

（旦那様は、南町奉行所にご出仕なされているはず）

いくら卯之吉でも、役目がある日に登楼《とうろう》はしない。

美鈴は八丁堀を目指し、南へ向かった。途中、浅草寺《せんそうじ》の裏手に出た。

浅草寺の境内《けいだい》の裏手は俗に奥山《おくやま》と呼ばれている。見世物小屋や宮地芝居の小屋などが建ち並んでいる。広場では大道芸人たちが芸を披露していた。

見世物小屋といっても、いかがわしいものばかりではない。本草学《ほんぞうがく》（博物学）の先生が珍しい標本を並べて講釈している。他にも軍学の師が張り扇《せん》を叩きながら『太平記《たいへいき》』を語り、占い師はしかつめらしい顔つきで算木《さんぎ》を並べていた。

浅草寺の奥山は江戸でも有数の歓楽街なのだ。昼日中だというのに（どこから湧いてきたのだ）と首を傾げたくなるほどの人出で溢《あふ》れている。迂闊《うかつ》に歩いていると、肩と肩とがぶつかってしまいそうだ。

「まるで縁日みたいだべ」

などと、お上《のぼ》りさんの声が聞こえた。驚いているのは田舎者ばかりではない。

江戸育ちの美鈴も、

（この人たち、仕事はどうしているのだろう？）

と、首を傾げるほどであった。

こういった人混みでは掏摸《すり》や巾着《きんちゃく》切りに用心しなければならない。無論のこと、一角《ひとかど》以上の剣客でもある美鈴は、掏摸ごときに油断を見せるはずもないのだが、同心八巻家の者として、掏摸の暗躍には目を光らせねばならなかった。

人混みを分けながら進んでいくと、突然、女人の、けたたましい悲鳴が聞こえてきた。

「あれーっ！　お重《しげ》、お重ーッ！」

驚いて目を向けると、白髪頭の老女が喚《わめ》き散らしていた。着ている物は、生地も仕立ても上質で、そこそこ裕福な商家の後家《ごけ》と思われた。

「お重ッ、ああ、どこへ行ったのッ、返事をおしーッ」

必死の形相で周囲に目を向け、空中を泳ぐみたいな格好で両腕を振り回している。何事かと恐れた周りの者たちが、慌てて飛び退《の》いて、老女と距離をおこうとした。老女は誰彼かまわず縋《すが》りつこうとする。通りすがりの娘たちが悲鳴を上げて逃げた。

「なんだ、なんだ」と押し寄せてくる野次馬と、老女から離れようとする者たちとでごった返す。ガチャンと何かが割れる音がした。大人に弾き飛ばされたのか、子供がギャアギャアと泣きだした。その混乱の中、美鈴は子供をおぶった十五ぐらいの子守娘とぶつかりそうになった。娘は、背中の子供が泣きださないように、「ああ、よしよし」と背中を揺すった。

老女の従者らしい三十ばかりの、お店者《たなもの》ふうの男が、顔面を蒼白《そうはく》にさせて走り回っている。老女は男を叱りつけた。男はオロオロとするばかりだ。

「おいおい、どうなすったい」

地廻《じまわ》りの若い者たちが十人ぐらいで駆けつけてきて、その中の一人、弁慶縞《べんけいじま》の着流しをヤクザ者ふうに着付けた男が、老女に声を掛けた。

彼らは浅草寺の境内を仕切る一家の子分衆だろう。浅草寺や寺社奉行所の黙認を受けて、境内の治安維持に従事しているのだ。

弁慶縞の男は、顔つきはヤクザそのものだが、それなりに気を使った口調で老女を宥《なだ》めようとした。

「落ち着きなせぇ。いってぇ何があったんですかえ」

老女は男の両腕をヒシッと握った。

「孫が！　お重が、ほんのちょっと目を離した隙《すき》に！」

「見失っちまったんですかい」

どうやら孫娘とはぐれてしまったらしい——と、美鈴にも見当がついた。

地廻りの若い者たちと、芸人、物売り、野次馬たちが一斉に、

「そりゃあ大事だぜ」

と声を揃えたみたいにして、言った。

老女は弁慶縞の男にしがみついた。

「手前は本材木町《もとざいもくちょう》の材木問屋、大和屋《やまとや》の後家で清《せい》と申しますッ。なにとぞ、お重を見つけ出してくださいまし！」

「ああ、本材木町の大和屋さんでしたかい」

高名な店であるらしい。美鈴は知らなかったけれど。

「いなくなった子の歳は幾《いく》つで、どんな着物を着せていなすったんですかえ」

弁慶縞の問いかけに、お清は、泣き叫びながら答えた。まったく支離滅裂《しりめつれつ》で、何を言っているのか良くわからない。代わりに老女の従者のお店者が答えた。

歳は五つで、紅色《べにいろ》の振り袖を着せていた、という。

この従者は大和屋の奉公人で、身分は手代であるようだ。

美鈴の横にいた職人ふうの中年男が、

「いなくなったのは、大店《おおだな》のお嬢さんかい。いいおべべを着ていたから、狙われたんだろうなぁ」

などと物騒な物言いをした。

紅色のことを〝お紅々《べべ》〟と言った。やたら目立つ上に、唐紅《からくれない》は高価な布地であるので、金持ちの娘だとすぐに知れる。

皆、思うところは一緒だ。野次馬たちは一斉に顔をしかめた。

ただの迷子ならば、誰かに保護されて戻ってくる。江戸中の自身番屋はこういう時のために置かれている。同心たちが足を棒にして江戸中の自身番屋を覗いて回るのもそのためだ。こっちの自身番屋には迷子が預けられていて、あっちの自身番屋では親が人探しに来ていた――などということを同心が知って、無事に親元に帰されるのだ。

しかし、犯罪絡みだと、そうはいかない。

美鈴と野次馬たちは周囲を見回した。だが、紅色の着物を着た娘の姿は見当たらなかった。

「男の子ならともかく、女の子じゃなぁ」

甘酒売りの老人が、商売そっちのけであたりに目を向けながら言う。

可愛い女の子には売り買いするだけの値打ちがあるのだ。男の子のかどわかしならば、身代金《みのしろきん》と引き換えに戻ってくることもあるが、女の子は遠くに売られてそのまま二度と帰って来ないことが多かった。

例の子守女が、美鈴の横で背中の子供を確かめるように、そのお尻をギュウと摑《つか》んだ。子守女は絣《かすり》の粗末な着物を着ている。背中の子供も似たような身形《みなり》だ。近くの長屋の娘が子守に厭《あ》きて、つい、奥山を覗きに来てしまったのだろう。子どもを失くしたら大変なことになる。

「まだ、かどわかしと決まったわけじゃねぇ。小さな子供のことだ、猫でも追っかけて、お堂の下に潜り込んだのかもわからねぇ。探してみようぜ」

露天商の老人がそう言った。

大道芸人や露天商などは、自分自身も貧しい生い立ちの者が多かったので、不幸な人に対する思いやりは篤《あつ》い。手分けをして探し始めた。

美鈴も、老女を見捨てて帰るに忍びなく、男たちと一緒に、境内を巡ってみた。

五歳の娘の足では、そう遠くまでは行けまい。近くを探しても見つからないのであれば、連れ去られたと考えるしかない。

地廻りの若い者たちがさらに集まってきた。兄貴分らしい強面《こわもて》の男が指図している。

「寺男《てらおとこ》には報《しら》せたか。町方の同心様にも報せに走れ」

攫《さら》われたのが寺社地だとしても、悪党を捕らえるためには江戸市中に手配をしなければならない。

大和屋の後家のお清が、その兄貴分にしがみついた。

「見つけ出していただいたあかつきには、お礼は、必ずいたしますから！」

「大和屋さんの御身代《ごしんだい》なら、礼金の心配はいりやせんなァ、と言いてぇところですが、こっちはそんなつもりで走り回ってるわけじゃねぇんで、お気遣いなく」

お清も必死なのだろう。「礼金を何両積む」「もっと積む」などと大声で喚き続けて、地廻りたちを辟易《へきえき》とさせた。取り乱しているのは理解できるが、なんでも金ずくというのは、見ていて良い気分はしない。

見かねた大和屋の手代が、お清の手を取る。

「あとのことは、皆々様にお任せしまして……」

お清を兄貴分から引き離した。

「だけどよ、兄ィ」

美鈴に聞かれているとも知らずに、弁慶縞の男が兄貴分に声を掛けた。

「かどわかしの下手人《げしゅにん》は、いってぇどうやって、娘っ子を連れ去ったっていうんです？　唐紅の着物は目立ちやすぜ。境内のあちこちや、山門の下で睨《にら》みを利かせていた俺たちの目を盗めたとは思えねぇ」

浅草寺ほどの大寺院となれば、境内を守るヤクザ者の組織力も相当なものだ。町奉行所の役人も顔負けであった。

「手前ぇたちが睨みを利かせていたのは、掏摸や置き引きに対してだろう。うっかり見逃したかもわからねぇ」

「オイラたちは、かっぱらいにも目を光らせてる。娘っ子みてぇな大きなモンを盗む野郎に気づかねぇわけがねぇ」

「なら、娘っ子が自分で駆けだしたんだろうぜ。背丈の小さな子供だ。大人の陰になって、見えなかったんじゃねぇのか。やい、もう一回境内を見て回れ。溝《どぶ》なんかに嵌《は》まっていねぇか気をつけるんだ」

「へいっ」

若い者たちは一斉に散った。

しかし、なんの手掛かりもなく、芸人や露天商たちも渋い表情で戻ってきた。

こうなると、さすがに大道芸どころではない。客も銭など投げる気分ではない。芸人や露天商たちは場所を変えるために移動していく。稼業する場所(ショバと呼ばれた)を割り振るのも地廻りの仕事なので、若い者たちは大忙しだ。芸人の中には、自分が疑われるのを恐れて、そそくさと家に帰る者もいた。

次第に閑散としてきた境内に、老女の泣き声だけが響く。美鈴は、

(旦那様ならこんな時、どういう手を打たれるのだろう?)

と、考えた。

三国屋の卯之吉は、ろくでもない放蕩者のように見える。世間からはそう思われているし、卯之吉自身、自らをそう卑下《ひげ》している。しかし美鈴は、卯之吉にはこういった難題や難問を、スルリと解いてしまう不思議な才覚があると信じていた。

(旦那様なら、きっと思わぬ手を打ってくる)

奇想天外な思いつきと、その思いつきを実行に移す大金がある。

しかし美鈴には、なにも思いつくことができない。

と、その時であった。

「話は聞きましたぞ」

巨体を白い浄衣に包んだ山伏が、ノッシノッシと歩いてきた。熊を思わせる特徴的な行歩《ぎようぶ》だ。故意に不自然な歩き方をしていることが一目でわかった。

美鈴も女人にしては背丈のあるほうだが、その山伏は頭一つ分ほど飛び抜けている。肩幅もあって、胸板も厚い。おまけに異相の持ち主だ。まるで妖怪大入道《おおにゆうどう》である。居残っていた野次馬や芸人たちがギョッとしている。あのお清ですら、一瞬、泣き止めてしまったほどであった。

山伏は細い目をニンマリと笑ませてお清に微笑みかけてから、今度は一転、目を剥いて不気味な睨みを利かせた。

「拙僧の名は金峰山金剛坊。諸国の霊山を回峰《かいほう》し、験力《げんりき》を鍛えた山伏じゃ。失《う》せ物探しは最も得意といたすところでな」

そしてまた一転、目を細めて頷いた。

「孫娘殿は拙僧の験力できっと見つけ出してくれようぞ」

言うなり、山伏は、背中の大きな笈《おい》を下ろし、地べたにドッカと置いた。

笈は真後ろが観音開きの扉になっていて、中には不動明王《ふどうみようおう》の像が納められていた。金剛坊は不動明王像に対面する格好で座った。回峰の山伏の常で尻の後ろには熊の皮を垂らしているので、地面に直接座ることは苦にしない様子だ。

「いってぇ何を始めやがった」

例の兄貴分が険《けわ》しく面相をしかめる。若い者たちも首を傾げるばかりだ。笈の中には壺があった。金剛坊が蓋を開けると白い煙が立ち上った。壺の中には大量の灰と、火のついた炭が入っているらしい。金剛坊は火箸を手にして、埋《うず》み火を掻き立てた。

これらの一揃《ひとそろ》えがすべて笈の中に入っていたのだ。金剛坊の巨体でのみ、背負うことができた代物だろう。

続いては護摩《ごま》である。木の札を次々と炭火にくべていく。橙《だいだい》色の炎がメラメラと立ち上った。

「護摩を焚《た》き始めやがったぞ」

大道芸で百花繚乱《ひやっかりょうらん》の浅草寺奥山だが、さすがに護摩を焚く山伏というのは見たことがない。

金剛坊が印《いん》を結んで、なにやら朗々と唱え始めた。地廻りも野次馬も、お清も美鈴も、気を呑まれたみたいな顔つきで見守った。

炎が大きく燃えあがる。熱で炙《あぶ》られた金剛坊の額にフツフツと汗の玉が浮かんだ。肥《ふと》り気味の体形なので、元々汗をかきやすいのかも知れない。

金剛坊が唱える真言《しんごん》は、いよいよ声高になってきた。これが気合というものだろうか、その場の全員が無言で金剛坊の祈禱《きとう》を見守った。

唐突に、金剛坊が大声で唸った。

「見えた！　見えたぞ！」

その場にいた全員が、前のめりになって耳を澄ませる。

「何が見えたんですかい、御坊」

兄貴分が質《ただ》す。金剛坊は指先をビュッと、彼方《かなた》に突きつけた。

「拙僧の指差す先に経文蔵《きようもんぐら》があるはず。そこの扉の鍵が開いておる。大事な孫娘殿は、経文蔵で昼寝をいたしておるぞ！」

「ええっ」

地廻りの若い者たちが顔を見合わせた。

「経文蔵なら確かにあるけどよ、鍵が開いている、なんてことは……」

「お坊様が、かけ忘れたってこともあるぜ」

「とにかく、行ってみよう」

連れ立って走り出した。お清も急いでついて行く。

「面白くなってきた。俺たちも行こう」

野次馬と芸人たちも後を追う。美鈴もこれを見逃してはならないという心地になって、共に走った。

金剛坊が示した方角には、確かに経文蔵があった。だが、ここに経文蔵があることは、誰でも知ることはできる。寺が秘密にしているわけでもなんでもない。

(問題は、鍵がかけ忘れられているかどうかだ)

美鈴はそう思った。皆も同じことを考えているのだろう。頑丈そうな鉄の扉を揃って見上げている。

「調べてみろ」

兄貴分にクイッと顎で促《うなが》され、弁慶縞の男が「へい」と答えて、階《きざはし》を駆け上がった。

そして扉に手を掛けるなり、驚いた顔をした。

「開いてやすぜ!」

鉄の扉を引くと、ギイッと蝶番《ちょうつがい》の軋《きし》む音とともに、開いた。

「あっ」

弁慶縞の男が叫んだ。急いで雪駄を脱ぐと経文蔵に飛び込んだ。

「どうしたっ」

兄貴分が叫ぶ。すぐに弁慶縞の男は、両手に幼女を抱きかかえながら出てきた。唐紅のおべべを着けた、お人形のように小さな娘だ。乱れた髷から、愛らしい簪《かんざし》がスルリと落ちた。

「お重――ッ！」

お清が階を駆け上る。弁慶縞の手からお重を奪い取るようにして、自分の腕に抱きかかえた。

お清は泣き喚きながら孫を抱きしめて頬ずりした。お重は目を開ける様子もない。

「死んでるんじゃねぇのか」

兄貴分が不吉な言葉を口走ると、階を下りてきた弁慶縞が、

「いや、あったけぇ血が通ってましたぜ。ちゃんと息もありやした。眠っているだけでさぁ」

と言った。抱き上げた本人が言うのだから間違いあるまい。

兄貴分は呆れ顔だ。

「よっぽど眠りが深い質《たち》らしいな」

「五歳の子供ですから。こんな人混みに連れ出されて、疲れちまったんでしょう

よ」

この遣《や》り取りで納得したのか、兄貴分は、

「おい、寺男に報せて来い。町方のお役人にもだ」

新たに若い者二人を走らせた。

「それにしても、あの山伏、てぇした験力じゃねぇですか」

弁慶縞が感心した顔つきで言った。

兄貴分は「ハッ」と顔色を変えた。

「奴はどうしたッ」

「護摩壇の片づけがありやすから、まだあそこにいるんじゃゃ?」

「探せ！　けっして取り逃がすんじゃねぇぞ！」

「どうして」

「こんな神通力があるもんかい。あの山伏野郎が、礼金目当てに小細工したのかもわからねぇ」

弁慶縞は「まさか」とは言わなかった。その程度の詐欺師《さぎし》は吐いて捨てるほどにいる。

地廻りたちは元の場所に走って戻り、美鈴もついていった。金剛坊は、先程の場所で後片付けをしていた。

地廻りたちが数人で金剛坊を取り囲む。しかし金剛坊はまったく顔つきを変えなかった。

「迷子の子は無事でしたかな」

護摩を踏み消して、炭火は灰の中に埋める。

「ああ、無事でしたぜ。御坊、あんた、たいした験力ですぜ」

兄貴分が目に凄味《すごみ》を走らせながら言った。

「ところで御坊、お住まいはどこですかね」

山伏は低い声で笑った。

「日本全国、醍醐《だいご》寺《じ》の末寺を泊まり歩いておりますよ」

「醍醐寺さん？　当山派《とうざんは》の山伏さんでしたかい」

当山派は山伏の宗派で、総本山は京都伏見《ふしみ》の醍醐寺三宝院《さんぽういん》である。

「江戸に、人別《にんべつ》はねぇんですかい」

兄貴分はしつこい。人別とは戸籍のことである。

山伏は修行の時だけ法体《ほったい》となって山に入るが、普段は俗人として働いている者が多かった。俗人ならば町奉行所が管轄する人別帳に記載がある。しかし専業の宗教家ならば、人別を管理しているのは寺だ。

「江戸に人別はござらぬよ」

兄貴分は、(面倒臭い野郎と関わっちまった)という顔をした。気を取り直して訊ねた。

「浅草寺に来た理由《わけ》は？」

「噂に名高い、浅草の観音様にお参りしようと思い立ったのでござるよ」

浅草寺の創建は飛鳥《あすか》時代、推古《すいこ》天皇の御世にまで遡《さかのぼ》る。日本国では最古級の寺だ。

「本当のことを申せば、祈禱で寄進を求めようとも思っておりましたのでな、浅草の一帯を仕切っておられる香具師《やし》の親分殿のところへ、挨拶を兼ねて稼ぎ場所の相談にきておったのだがね」

山伏は祈禱料で生活費を得ている。名目は〝寺への寄進〟ということにして銭を受け取る。

兄貴分は薄い眉根をひそめた。

「ウチの親分の所へですかい」

「左様じゃ。親分殿と話をいたしておったところ、そちらの子分衆が土間に駆け込んで来られて、『迷子が出た』と騒ぎ立てておられたのでな。迷子となったのは、大和屋の孫娘殿で、お困りの主はお清刀自《とじ》。そんなことまで聞こえてきましたぞ」

「チッ、座敷にお客人がいるってのに、でけぇ声を出しやがって」

兄貴分が怒りの目を向けると、周りにいた若い者数人が首を竦《すく》めた。

少し離れた場所で聞いていた美鈴も、首を横に振った。

この山伏の験力は、あまりにも神妙である。礼金が目当ての自作自演——自分で人攫いをして、気絶させた娘を寝かせておき、自らそれを言い当てた——のではないかと疑っていた。だが、

（香具師の元締が証人となれば、この山伏の仕業《しわざ》とは考えられないな……）

あるいは仲間がいるのかも、と、考えたその時、

「山伏様！」

大和屋のお清が突っ走ってきた。孫娘は手代の腕の中で寝ている。

お清は山伏の前に正座した。もちろん、地面の上だ。この大店の後家が地べたに座ったのは、これが生まれて初めてかもしれない。

「山伏様！　金剛坊様！　あなた様の尊《とうと》い験力でお重を無事に見つけ出すことが

できました！　なんとお礼を申し上げたらよいものか……！」

最後のほうは言葉にならない。滂沱《ぼうだ》の涙を流しながら突っ伏した。

金剛坊は、なんとも涼しげな表情で（暑苦しい顔だち、体つきなのだが）答えた。

「拙僧の験力が人の役に立ったのであれば拙僧も嬉しい。それでは」

片づけを終えて、笈の扉をパタリと閉めると、背負いながら立ち上がった。

「孫娘殿をお大事に」

そのまま立ち去ろうとする。

「お待ちを！　お礼を――」

お清が金剛坊の、脛衣《はばき》を巻いた脛《すね》に取りすがった。金剛坊は困り顔で振り返って、涙に濡れたお清の顔を見下ろした。

「礼と申されても、そのようなつもりでいたしたことでは――」

と、言いかけて、何かに気づいた様子で、

「ご老女、腰がだいぶお悪いようだな。……さては、浅草寺へのご祈願は、腰痛散じか」

お清はますます驚いた顔をした。

「そんなことまでお見通しでございますか……！」

「礼はともかく、拙僧の祈禱で腰の痛みを和らげることならできるかも知れぬ」

「ああ、なんと有り難い山伏様！　是非とも手前の店にお立ち寄りくださいまし！　お重を助けていただいたお礼をいたしませぬと、観音様の罰が当たってしまいまする！」

どうか、なにとぞ、と哀願しながら、お清は金剛坊を引っ張って行った。その後ろを、幼女を抱いた手代がついていく。

「やれやれ、大和屋からの礼金は、あの山伏に持って行かれたかよ」

兄貴分があけすけな物言いをした。

「ま、大和屋さんは良くできたお人だ。こっちにも相応の礼金は届けられるだろうけどな」

「だけどよ、兄ィ」

若い者が唇を尖《とが》らせている。

「あの山伏の験力は本物なんでしょうかね？　いかさま野郎だったりしたら、大和屋さんは、とんでもねぇことになりやすぜ」

「大和屋さんは大店だ。いかさま野郎に捨て扶持《ぶち》をくれてやったって、どうこうなるような身代じゃねぇ。放っとけ」

兄貴分は若い者たちに、散るように命じた。

「持ち場に戻って、掏摸やかっぱらいに目を光らせるんだ」

若い者たちは「へいっ」と声を揃えて走り去って行った。

それを潮《しお》に、野次馬たちもいなくなる。美鈴も背を向けて歩きだした。

(今のことは、旦那様に伝えておいたほうがいい)

そんな気が、強くした。

しかし話を聞いた卯之吉が、どういう反応を示すか、それはまったく予想がつかないことであった。

第二章　火事祈禱《きとう》

一

「やっ、八巻……！　やっと参ったか。なんとかしてくれ！」

時の筆頭老中、徳川幕府を——すなわち日本国の政《まつりごと》を——掌中に収める本多出雲守が、額に玉の汗を浮かべつつ、青黒い顔をして迫ってきた。

出雲守の上《かみ》屋敷は〝西ノ丸下〟という江戸城内の曲輪《くるわ》にある。濠《ほり》と石垣と城壁で囲まれた一角だ。周囲にある屋敷の主は、老中や若年寄など、幕府の重役ばかり。そんな豪勢な館の建ち並ぶ中にヒョコヒョコと、卯之吉が姿を現わした。

卯之吉が両膝を揃えて挨拶《あいさつ》する前に、出雲守が訴える。

「尻が痛い！　痛くてかなわぬ！」

「はぁ」

卯之吉は患者である出雲守よりも、上屋敷の御殿を飾る障壁画や、欄間《らんま》の彫刻などに心惹かれている様子で、あちこちに無責任な目を向けていた。

「どこを見ておる！　わしの尻を早く見よ！」

「えっ、ああ、……はい。でもまぁ、見なくても、だいたいわかりますよ。腐った肉の代わりに、お健《すこ》やかな肉が盛り上がってきたから、痛むのです」

痛みを訴える、ということは、順調に回復している、ということなので、卯之吉は澄ましかえっている。

「以前に聞かされたお話では、ご家来の皆様にも、ご病気だとは知られたくないから、下《しも》屋敷で治療を受けたい、との仰《おお》せでしたが、今日はどうして上屋敷に呼ばれましたかね？」

出雲守は真っ青な顔で答えた。

「下屋敷まで駕籠《かご》に揺られて行くなど……とうてい無理じゃ！　それに、わしの病《やまい》は、もはや、誰もが覚《さと》っておるわ！」

「なるほど」

江戸城内での様子は、噂となって徳右衛門にまで伝わっている。

「隠す必要がなくなった、ってことですね」

「そんな話はどうでもいいから、早く尻を見よ！」

「はいはい」

「返事は一回じゃ！」

「はぁい」

　何十畳あるとも知れぬ大広間に布団が敷かれて、出雲守がうつ伏せになった。

卯之吉は遠慮なく、尻を捲《まく》った。

「あとちょっと、切開しないといけないですかねぇ？」

　出雲守の尻にできた腫れ物は〝よう〟であった。悪性の細菌が皮膚で繁殖する病気で、抗生物質の無かった時代の治療法は、菌に冒された肉を切除することしかない。

　こうして削り取られた場所に、健康な肉が復活してくるわけだが、その時がいちばん痛むらしいのだ。

「本当だったら、御用部屋などにお座りになるのは厳禁ですよ。うつ伏せに寝ていてもらわなければなりません」

「馬鹿を申せ！　わしがいぬ間を盗んで、誰が上様に取り入るか知れたものではない！　わしの悪口を上様のお耳に吹き込まれでもしたら一大事じゃ」

「はぁ……、筆頭老中様ってのも、お辛い御立場でございますねぇ」

「町方同心風情に、哀れみを受ける覚えはないッ」

卯之吉は、蘭方医の使う小刀《こがたな》で患部を切除した。本当に悪い部分では神経まで死んでいるので痛くない。この病では、痛みを訴えないのがいちばん恐い。

そのうち、健康な肉にまで刃物が及んだ。途端に出雲守が絶叫した。

「じっとしていてくださいましよ。仕事がやりづらくて仕方がない」

「なんじゃと……、この無礼者め……ククク」

「あっ、そうだ。三国屋からこれを預かってきましたよ。略《まいない》ですって」

卯之吉は懐から無造作に小判の包金を取り出すと、出雲守の目の前にいくつも積み上げた。

「おおっ！」

出雲守の顔に喜色が蘇《よみがえ》る。

「それでも眺めて、痛みを堪《こら》えていてくださいまし」

「おう。これで元気百倍じゃ」

なんとも珍妙な遣《や》り取りの後で、卯之吉は出雲守の治療を終えた。膏薬《こうやく》を貼って、晒《さら》しでグルグル巻きにする。

「湯治《とうじ》にでも行っていただけると良いんですけれどねぇ……。あたしもついて行きますよ、もちろん」

「などと申して、わしの治療よりも湯治場での遊興を優先するつもりであろうが」

　出雲守にまで、見透かされている。

「この痛みだけでも、どうにかならぬか」

　卯之吉は医術の道具を片づけながら問い返した。

「どうにか、と仰《おっしゃ》いますと？」

「蘭方医は、痛みを取り除く薬を所持いたしておると聞いたぞ」

「ああ……。そんな薬もございますねぇ」

「処方してくれ。辛くてかなわぬ」

「しかしですねぇ、そのお薬は、きつい毒でもございましてね、迂闊《うかつ》に使うと、頭の中が真っ白になりますよ。まるで起きながら寝ているみたいな、白日夢《はくじつむ》を見ているような心地《ここち》になると聞いています」

「なんじゃと」

「天下の政を捌《さば》いていらっしゃる出雲守様が、起きながら眠っているってのは、ちょっとばかり、まずくはございませんかねぇ」

「うむッ、大いにまずい」

「華岡青洲《はなおかせいしゅう》っていうお医者は、そのお薬をご家族で試して、そうしたら、奥方様は目が見えなくなったと聞いていますよ」

「なんと！　そんなに恐ろしい薬か」

「かような次第ですので、お勧めはいたしかねます」

「わしも使いたくなくなった」

「それでは、あとしばらく、ご養生専一《せんいつ》にお願いいたします。では、お大事に」

卯之吉はフラリと立ち上がると、医薬箱を抱えて出て行った。

八丁堀の屋敷に戻ると、台所の上《あが》り端《はな》に荒海《あらうみ》ノ三右衛門《さんえもん》が座っていた。

「あっ、これは旦那」

急いで立ち上がって低頭する。

「ああ親分さん。親分さんは、いつもながらに血色が良くて何よりだねぇ。足腰も達者そうだし」

「心遣い有り難く――って言いてぇところですが、その親分さんってのはやめておくんなせぇ。あっしは旦那の子分なんですから」

「ああ、そうだっけねぇ。ところでなんの御用ですね。江戸の市中で、また何事か起こったのかねぇ」

「へい。お察しのとおりで。ちっとばかし怪しい出来事がありやしたんで、ご注進に寄らせていただきやした」

「どんなふうに怪しい出来事ですね」

卯之吉は上がり框《がまち》に腰を下ろした。単に疲れたから座った、というだけの話なのだが、江戸じゅうに勇名を轟《とどろ》かせている俠客の大親分を前にして、自分だけが断りもなく座る、というのは、たいした貫禄だ。そういうふうに見える。

三右衛門は、卯之吉のその〝貫禄〟にひたすら心服しきっている。

「本材木町に、大和屋っていう材木問屋があるんですがね」

「ああ、大和屋さんね。先代の光左衛門《みつざえもん》さんが亡くなって、今は倅《せがれ》さんが、お店《たな》と光左衛門の名を継いだんだっけねぇ」

卯之吉は、さすがの通人《つうじん》であるので、江戸のおもだった豪商の顔と名前ぐらいは諳《そら》じている。もちろん商人としての付き合いはなく、吉原や深川などで顔を良く見る、名前を良く聞く、という間柄だ。

三右衛門は、卯之吉のことを町奉行所一の切れ者だと信じていたので、卯之吉が大和屋の名を知っていても驚かないし、むしろ当然だと思っている。

「その先代の光左衛門の女房で、当代光左衛門のおっかさんが、流れ者の拝み屋に誑《たぶら》かされちまってるらしいんでさぁ」

卯之吉はちょっと首を傾《かし》げた。

「拝み屋？　あたしは、山伏だって聞いたけどねぇ」

「へっ？」

三右衛門は驚いて、それから額を片手でピシャリと叩いた。

「これは恐れ入りやした。さすがは旦那だ！」

なにやら最近、銀八のおどけた態度が三右衛門にまで移ってきているように思えてならない。卯之吉はちょっと困ったような顔をした。

「いや、あたしが知っているのは、その山伏さんが大和屋の後家様に取り入った次第だけだよ。ああ、それからそのお人の法名《ほうみよう》は、金剛坊っていうらしいね」

みんな美鈴から聞かされた話だ。たいした関心もなさそうに聞いていたが、それなりに憶《おぼ》えていたらしい。

「あっしがご注進に及ぶまでもなかったですな」

「いいや」

卯之吉は少しだけ、興味を引かれたような顔つきになった。

「この話がおやぶ――じゃなかった、三右衛門の耳に入ったってことは、金剛坊さんの所行《しよぎよう》に、いかがわしげなところがあるってことだろう。それはなんだい。聞かせてほしいねぇ」

「へいっ」

三右衛門は俄然《がぜん》、張り切りだした。

「どうやら、その山伏が、大和屋を足掛かりにして、あちこちに悪さの手を伸ばしていやがるらしいんで」

「悪さの手？」

「騙《だま》されやすい年寄りや、気の弱くなった病人なんかをたらし込んでいやがるようなんでさぁ」

「その話は、どこから？」

「竈《へっつい》河岸《がし》の回船問屋、能登屋《のとや》の番頭からでさぁ」

竈河岸は大川の出口にも近く、大店《おおだな》が軒を並べている。

「能登屋の番頭さんね」

「六十に近い、歳のいった番頭でござんしてね。手前《てめ》ぇの主人をお殿様みてぇにだいじにしていやがる。そこへ怪しい山伏が乗り込んできて、呪《まじな》いだか方位除《よ》けだか、好き勝手な物言いで家ン中をかき回していやがるってんで、心配になって、オイラの所に相談に来たって次第でございまさぁ」

「ふむ。でも、そんな話は珍しくもないだろう。能登屋さんの屋台骨が傾くほどの大金を寄越せと強談判《こわだんぱん》して、山伏仲間を引き連れてきて、打ち壊しでもしたっていうのなら話は別だけど……」

「初めはあっしもそう思いやした。山伏の祈禱で年寄りが満足するってのなら、放っておいてやったほうが年寄りのためになるって話でしてね」

「うん」

「ところが、よくよく話を聞いてみると、やっぱり奇怪《あや》しい」

「質《たち》の悪いやり方で、祈禱料をせしめていくのかい」

「その逆なんで。祈禱料が安すぎるんですぜ」

「ほぅ？」

「流れ者の山伏に、大金を巻き上げられたってのなら、こういう言い方もなんですが〝納得のいく話〟でさぁ。悪党の目から見れば筋が通っている。ところが、その山伏め、本当に、弁当代ぐらいしか受け取らないらしいんで」

「弁当代ね」

卯之吉が常々頼んでいる弁当は、老舗《しにせ》の高級料亭の折り詰めで、胡粉《ごふん》を散らした漆《うるし》塗《ぬ》りの重箱が何段も重なっているような代物だ。最低でも三両はする。だからこの時、二人が頭に思い描いた〝弁当代〟には大きな開きがある。

にも拘《かか》わらず卯之吉は、

「それは安すぎるねぇ」

と言って、頷《うなず》いた。

「弁当を差し出すのなら、下《くだ》り酒の角樽でもつけないと義理が悪い」

卯之吉は本気で言ったのだが、三右衛門は冗談だと受け止めた。ニコリともせずに続けた。

「相場より高い銭をせびられるのも困るが、安すぎるってのも、これまた嫌な心地がするもんでさぁ」

「能登屋の番頭さんの心配ってのは、それかい」

「さいでがす。どうにかして山伏の魂胆《こんたん》を確かめることができねぇもんか、という話でしてね。正真正銘、徳の高い山伏様なら、けっこうな話なんでござんすがね」

「だけど人の心の内ってもんは読めたものじゃないよ。山伏さんの心底を探れって頼まれたって困るだろうに。どうして三右衛門のところに相談に来たのかね？」

「嫌ですなァ、お惚《とぼ》けはナシですぜ」

三右衛門はニヤニヤと笑った。

「千里眼だと評判の、旦那の眼力を頼って来たに決まってるじゃねぇですか。あっしが旦那の一ノ子分だって、江戸の者《モン》はみんな知っていやがりやすからね」

「はぁ」

「旦那の眼力からは、どんな悪党も逃れられやしねぇってこってす」

自分の怠惰《たいだ》を知っている卯之吉は、

（いったい誰がそんな噂を流しているんだろう）

と不思議に思った。

三右衛門はかまわず喋《しゃべ》り続ける。

「他国者の山伏に江戸の大店をいくつもたらし込まれるってのは、気分が悪《わり》ぃや。あっしは山伏野郎に探りを入れてみやすぜ」

「そうかね」

卯之吉がいつものように財布を探ろうとすると、

「いや、そいつはご勘弁《かんべん》」

三右衛門はへっぴり腰で両手を突き出しながら後ずさりした。

「能登屋の番頭からも心付けをもらってるんで」

「そうかい？　だけど、お足はいくらあっても邪魔にはならないだろう」

「前にお預かりした分が、まだ、六十両も残っておりやすから」

何かあるごとに卯之吉から小判を押しつけられる。三右衛門の手文庫（金庫のような物）は重くなっていく一方だ。

「それじゃあ、あっしはここらで御免蒙《こうむ》りやす。繫《つな》ぎは若い者を毎日欠かさず寄越しやすんで、なにとぞよろしく願いやす」

三右衛門は台所口から走り出て行った。

「お足を受け取らない山伏様ねぇ……」

卯之吉はちょっと考える素振りで首など傾げた。

「きっと、あたしのような放蕩《ほうとう》者なのに違いないですね」

どこぞの大店の若旦那が、人生の暇つぶしとして山伏をやっているのだろう。卯之吉も暇つぶしに蘭方医の修業をした。患者の家では診察代を受け取るどころか、見舞金を置いていくような変人医師だった。

自分が変人だから、変人を変だとは思わない。

あくびをしながら、奥の座敷に向かった。

二

松平相模守は家禄五万石の名門譜代大名である。いわゆる〝三河以来の譜代〟で、小大名だった家康《いえやす》が三河国で悪戦苦闘していた頃からの徳川家臣であった。

当然に名門意識が高い。我こそが柳営《りゅうえい》の舵取《かじと》りをしてくれようとの野心に燃えている。

歳は四十を超えたばかり。でっぷりと肥えた出雲守に対し、瘦身で、風采《ふうさい》も良い。まさにこれからの男と言えた。

相模守を乗せた駕籠が永代橋《えいたいばし》を渡って深川に入った。富岡八幡《とみおかはちまん》社の門前町に向かう。

通常、相模守が移動に使っているのは〝乗物《のりもの》〟である。身分の高い人物が使う駕籠を乗物という。ただの駕籠とは格式が異なる。漆塗りで家紋が金箔《きんぱく》で押されている。ちなみに老中は江戸に定府（常駐）が義務づけられているので参勤交代はしない。

しかしこの夜の相模守は、網代《あじろ》編みの〝権門《けんもん》駕籠〟を使っていた。家老などが使用する格の低い駕籠である。つまりはお忍び、ということであった。

権門駕籠は諸大名家の家老や奉行などが乗って、江戸の町中を行き交っている。権門駕籠に乗って移動すれば人目につく心配もない。

富岡八幡の門前町は、吉原と並び称される、江戸の遊里であった。

軒を並べた料理茶屋（料亭）は、元々は、八幡社の参詣客の休憩所だった。本当にただの茶店だったのである。それがいつの間にやらこれほどに巨大で華やかな歓楽街に変じている。

相模守の乗る駕籠は、一軒の料理茶屋の店の前に止まった。店の主人や番頭たちが表道まで迎えに出てくる。駕籠の扉が開いて、山岡頭巾《ずきん》で顔を隠した相模守が姿を現わした。

山岡頭巾は頭部と肩と口許《くちもと》を覆《おお》う防寒用の頭巾で、人相を隠すことができることから貴人に愛用された。後にこの頭巾は防空頭巾の名で、日本国中に普及することになる。

相模守は低頭する店の者たちに鋭い眼光で一瞥《いちべつ》をくれると、足早に、店の中に入った。

相模守は二階座敷に通された。山岡頭巾は脱いで、お供の若侍に渡す。金屏風《きんびょうぶ》の前に腰を据えると、すぐに若侍が戻ってきて、

「大和屋が参りました」

と、告げた。

小太りの四十ばかりの町人が顔を出して、廊下で深々と低頭した。

「お待ち申しあげておりました。相模守様」

座敷で待っていなかったのは、遠慮をしていたがゆえだろう。譜代大名と町人では身分が隔絶《かくぜつ》している。これから大名がやって来るとわかっている座敷に町人が座っていたりしたら、お手討ちもあり得た。

しかし今宵の相模守はあくまでもお忍びの身だ。町人を一瞥して、

「廊下では話にもならぬ。入って参れ」

と命じた。

「それでは、恐れながら、ご相伴《しょうばん》に与《あずか》らせていただきますする」

愛想笑いを浮かべつつ、腰を屈《かが》めて、大和屋の主、光左衛門が入ってくる。遜《へりくだ》った物腰だが、面《つら》の皮の厚そうな、脂《あぶら》ぎった顔つきには傲岸《ごうがん》な本性が透けて見えた。

大和屋光左衛門もまた、武士を武士とも思わぬ〝江戸の豪商〟だ。大名たちの出世競争の勝ち負けは、自分たちの賂の金額次第だと思い込んでいる驕《おご》り者であった。

「相模守様におかれましては、ますますの御健勝、心よりお喜び申し上げまする」

出来の悪い大黒様みたいな作り笑顔を浮かべながら、深々とお辞儀をする。

「今宵は深川にまで足をお運びくださいまして――」

「くどくどしい挨拶などいらぬ。ほんの数日前にも顔を合わせたばかりであろうが」

「ははっ、左様にございました」

「して、どうじゃ？　例の物は持参したのであろうな」

「ははっ、これに」

大和屋光左衛門は、携《たずさ》えてきた文庫箱を前に押し出した。相模守のお供の若侍が膝行《しっこう》してきて受け取って、主君の前に恭《うやうや》しく運んで、据え直した。

相模守が文庫箱の蓋を開ける。その顔に落胆の色が浮かんだ。

「これだけか」

文庫箱の中には小判が詰められている。しめて二百両はあるだろうか。

大枚《たいまい》ではあるが、相模守は不満であった。

「これしきの金では出雲守の足元をすくってやることも叶《かな》わぬぞ。出雲守が死んだとしても、このわしが後釜に収まることすら難しい」

賂を要求しておきながら、一方的なお叱りだ。大和屋は冷汗を拭《ぬぐ》う仕種《しぐさ》を装いながら畏《かしこ》まっている。

「して、相模守様。出雲守様のお加減は、その後、いかに?」

「わしの見るところ、そう長いことはなさそうじゃ。老中用部屋に座っているだけで辛そうな有り様での、額に脂汗を滴《したた》らせておる」

「それは、おいたわしい。ご養生をお勧めなさってはいかがかと」

「聞く耳を持つような出雲守ではない。柳営の権を握りづめにすることしか、頭にない男じゃ」

そう言ってから、ニヤリと不穏な笑みを浮かべる。

「もっとも、その強欲が命取り。わしにとっては好都合よ」

大和屋も得たりと頷いた。

「出雲守様のご不幸を喜ぶようで、心苦しくはございまするが、出雲守様の亡き後、柳営の権を一手に握られるのは、相模守様……」

「わしに身を寄せるそのほうにも、良い目を見せてやれると申すものじゃ」

「有り難きお志《こころざし》にございまする」

「だが、それにはこのわしが筆頭老中となることが先決。筆頭老中に就任できねば絵に描いた餅じゃぞ？」

相模守は厳しい顔つきでおのれの顎などを撫《な》でた。

「出世競争に打ち勝つためには金が要る。若年寄や三奉行、諸役人を味方につけねばならぬのだ。そのためには金じゃ。金で歓心を買うより他にない」

大和屋は恐れ入ったふうを装いながら、黙って聞いている。相模守の熱弁は続く。

「なんといっても大奥じゃ。大奥の女たちを味方につけて、上様のお耳に、わしの評判を囁《ささや》きかけてもらわねばならぬ。大奥の女を味方につけるには、大枚の小判が必要なのじゃ」

贈賄《ぞうわい》以外のやり方で、大奥を味方につけることはできない。大奥が幕閣の誰かを憎み、敵にまわす理由ならば、何十通りでも考えられるのだが、好きになる理由は賄賂《わいろ》以外にない。それほどまでに大奥は強欲であった。贅《ぜい》の極みを尽くすためには大金が必要なのだ。例えば大奥で飼われていた犬一匹は、あの卯之吉よりも、良い物を食べさせられていたのである。

「こうしておる間にも、三国屋から出雲守の許《もと》に大金が届けられておるはずじゃ。その金で出雲守は幕閣や大奥の歓心を買《こ》うておる」

「三国屋の富は無尽にございまする。なれど、出雲守様のお命には限りがございますれば……」

「ううむ。しかし神仏頼みでは心許ない」

すると大和屋が、何を思ったのか、ニンマリと微笑《ほほえ》んだ。

「神仏頼みも、御利益あらたかな行者《ぎょうじゃ》様でございますれば、頼り甲斐《がい》があろうかと存じまするが……」

「唐突《とうとつ》に、なにを言い出すのじゃ」

相模守は不快そうな顔をした。一方の大和屋は、ますます蕩《とろ》けるように笑み崩れた。

「実は、さるご縁がございまして、手前の店に行者様がご逗留《とうりゅう》なさっていらっしゃるのです」

行者様とは、山伏などに対する敬称だ。

相模守は訝《いぶか》しそうに眉をひそめた。

「なんじゃ、そなた、宗旨《しゅうし》替えをいたしたのか」

「はい」

「はい、とは。ずいぶんと思いきった物言いだな」

「それほどまでに霊験《れいげん》あらたかな行者様なのでございますよ」

「疑わしい話じゃ。そのほう、誑《たぶら》かされておるのであろう」

「いえいえ。手前だけではございませぬ。いずかたでも目覚ましい霊験をお見せなさいまして、多くの信者を集めておられますする」

大和屋は指折り数えながら、行者に心を寄せる者たちの名を上げた。皆、江戸で指折りの商人たちばかりであった。

他人の信心には関心のない相模守であったが、それら、商人の顔ぶれには興味を惹かれた様子であった。これらの商人たちが、行者ではなく、この自分を頼りとしたなら、三国屋と張り合うことができる——そう考えたのだろう。

「それで、その行者がなんだと申すのだ」

「相模守様のお目通りをお許しいただきまして、ご開運のご祈禱など、いかがかと思いまして」

「などと申して、そのほう。行者にわしの運勢を占わせよう、などと企《たくら》んでおるのではあるまいな」

政商と政治家は一蓮托生《いちれんたくしよう》である。

相模守に昇運の兆しがあるのかどうかを見極めなければ、最悪、共倒れもあり得た。

「けっしてそのような……」

などと笑顔で手を振ったが、図星であったのに違いない。

「まぁ、良いわ。して、その行者とやらは、今、どこにおるのじゃ」

行者に関心はなくとも、信者には関心がある。

大和屋光左衛門は答えた。

「下のお座敷に控えておいでにございまする」

「フン。やはり最初から、わしに引き合わせようとしておったのではないか」

「只今《ただいま》、お呼びいたしまする」

大和屋は座敷を出て行って、すぐに、問題の山伏を連れて戻ってきた。

鴨居《かもい》に頭がつかえるような大男で、しかも異相の持ち主である。なるほど、弱気になった者たちなら一発で気圧《けお》されてしまうに違いなかった。

だが、相模守は生まれながらの殿様である。人を恐れるということを知らない。どんな悪党でも巨漢でも、家臣たちが寄ってたかって取り押さえ、あるいは仕留めてくれるから、なんの心配もしないのである。

大男の山伏は、その異形にも似ない礼儀正しさで、遥か下座に遜《へりくだ》り、丁寧《ていねい》に拝礼した。

「伏見醍醐寺三宝院、当山派の山伏、金剛坊にございまする」

相模守は、冷たい顔つきで金剛坊の振る舞いを眺めてから、

「余が相模守じゃ」

と、名乗った。

金剛坊は「ご尊顔《そんがん》を配し奉《たてまつ》り――」などと、長々と挨拶を寄越した。

相模守は挨拶などろくに聞いていない。運ばれてきた盃を手に取る。ここは深川なのに、巽《たつみ》芸者ではなく若侍が酌をした。毒殺を恐れているのであろうか。

大和屋光左衛門は、横目で金剛坊を見上げた。

「いかがでございましょう、行者様」

小声で囁《ささや》き掛ける。

遠い上座に座り、金剛坊の挨拶など耳に入らぬ顔つきであった相模守が、そこだけ鋭く聞き咎《とが》めて目を向けてきた。

「わしの運勢を訊《たず》ねておるのか」

「いえ、けっしてそのような――」

手を振って否定しようとした大和屋の声にかぶせて、

「御前様のご昌運《しょううん》、大々吉にございまする！」

と、金剛坊が胴間声《どうまごえ》を張り上げた。

大和屋光左衛門が「おおっ！」と声を上げて破顔した。

相模守は、「さもありなん」というような、つまらぬ顔をしている。

生まれながらの幸運に恵まれた者しか、老中になることはできない。（わしが強運なのは当然じゃ）と思っているのに違いなかった。

金剛坊は細い目をカッと見開き、

「御前様のお姿は、金色《こんじき》の光背《こうはい》によって包まれておりまする！　まさに、本朝一の強運の持ち主かと、恐れ畏《かしこ》みながら、申し上げますする！」

「左様か」

ここまで大仰《おおぎょう》に褒《ほ》められれば、まんざらでもない顔になる。

「したが金剛坊よ。かくも強運に恵まれたこのわしも、いまだにただの老中。筆頭老中にはなれぬ身じゃ。本多出雲守の運気も観てみぬことには、なんとも申せまい」

大和屋も金剛坊を見上げた。

しかし金剛坊は相模守に返事をせず、厳しい顔つきで、どこか遠くのほうに目を向けていた。

「どうかなさいましたか、行者様。ご老中様の御前《おんまえ》でございますよ……？」

金剛坊はなにも答えず、視線をあちこちに投げていたが、突然、

「火行《かぎょう》の気が、いたしますな」

そう呟《つぶや》いて、ますます険《けわ》しい面相となった。

「これはまずい」

相模守と大和屋光左衛門は、遠く離れていながら、互いに顔を見合わせた。

相模守が質《ただ》す。

「なにがまずいと申すか」

金剛坊はキッと眦《まなじり》を決して、居住まいを改《あらた》めた。

「五行で申すところの火行が盛《さか》りを見せておりまする」

相模守と大和屋は（急に何を言い出したのだ？）という顔をした。金剛坊は相手の反応にはかまわずに、大声を張り上げ続ける。

「火行の母は木行《もくぎょう》。火行の盛んとなる前に木行あり。しかるにこの深川は湿地。水行《すいぎょう》が盛んでこそあれ、火行が盛るとは思えず。五行相剋《ごぎょうそうこく》、水剋火《すいこくか》がこの世の習いにございますれば、これはすなわち自然の習わしにあらず！」

「なにを申しておる」

相模守がますます訝しげな顔になった。苛立《いらだ》っている気配も感じられるが、それは金剛坊の口調に心を惑わされている証《あかし》でもある。

「自然ならざる木行とは、これ、人家の柱、材木にしくはなし！」

「すると、どうだと申すか」

「間もなく、この一帯に火事が起こりましょうぞ！」

「なんじゃと？」

相模守の顔つきが変わった。

江戸の町にとって最大の脅威《きょうい》といえば火事である。火事の被害には武士も町人もない。大火の炎に巻かれれば、身分に関わりなく死ぬ。

「おのれッ、世迷言《よまいごと》を申すか！」

一瞬感じた恐怖を誤魔化《ごまか》すためであろうか、相模守が凄まじい剣幕《けんまく》で凄《すご》んだ。

「わしは老中。このわしを前にしての流言蜚語《りゅうげんひご》は許しておけぬぞ！」

大慌てで答えたのは、金剛坊ではなくて大和屋光左衛門だ。

「お待ちくださいませ！　金剛坊様はまことに霊験あらたかな行者様でございまする！　これまでにも、迷子に失せ物、病人の見立てなどに幾度もの功徳《くどく》を顕《あらわ》されーー」

「この者の言には信用が置けると申すか！」

「恐れながら、この大和屋光左衛門が請け合いまする……」

大和屋は震え声で答えて、平伏した。

相模守は半信半疑の顔つきで大和屋と金剛坊に目を向けていたが、

「いずれにせよ、本当に火事が起こるか否かで、この山伏が真の験力《げんりき》の持ち主か、それとも売僧《まいす》かが判明いたそう。流言蜚語を飛ばして人心を惑わしておると知れたら容赦はせぬ。終生遠島《えんとう》をも覚悟いたせ！」

売僧とは僧侶に成りすました詐欺師《さぎし》のことだ。こんなことまで言われても、金剛坊は傲然と胸を張ってその場に座している。よほど自分の験力に自信があるように見えた。

「御前様……」

大和屋が恐る恐る、顔を上げた。

「町火消《まちびけし》の衆に、報《しら》せておいたほうがよろしいのでは……」

「火消に、じゃと？」

「火が出た際に、すぐに消し止めることができましょう」

大和屋は顔面を蒼白にして、冷汗を流しながら訴えた。すでに炎に取り囲まれてしまった——みたいな顔つきだ。

江戸は、ほぼ十年に一度、大火にみまわれる。大和屋光左衛門の年齢なら、一度や二度は、命からがら逃げまどった経験があるはずだ。

「大和屋、それなる山伏を、そこまで信用いたすか」

「御前様にも、まもなくお分かりになりましょう」

「ならば、好きにいたせ」

相模守は盃を突き出して、若侍に酌をさせた。

三

卯之吉はいつものように猪牙舟《ちょきぶね》に乗って、深川の門前町に乗り込んできた。

「春の深川は良いねぇ」

深川の街は低湿地に造られたので、冬場は冷気が足元から伝わってくる。その代わりに、夏場の風は心地が良い。今は冬と夏との空気の変わり目だ。

とは言うものの卯之吉は、遊里と聞けば、たとえ大雪が積もっていようとも、川が氾濫《はんらん》していようとも、乗り込んでいく男だ。端で聞いている銀八に言わせれば、

（何を人並みなことを言っているでげすか）

という話であった。

舟を降りた卯之吉は、船頭が驚いて、危うく転落しかけたほどの酒代《さかだい》（チップ）を弾んで、門前町の奥へ向かった。

酔客や巽芸者たちがそぞろ歩いている。見世という見世には火が灯《とも》り、町中が真昼のように明るい。三味線の音や小唄も聞こえてきた。

ところがである。浮かれ気分で歩いていた卯之吉の足がピタリと止まった。銀

八は危うくその背中にぶつかりそうになった。

「どうしたんでげすか、若旦那」

「銀八、あれはなんだろう。火事かな？」

卯之吉が指差した先に、火事場装束姿の町火消たちがいた。十人ばかりで集まって、なにやら悶着《もんちゃく》を起こしている。

「行ってみよう」

同心としての出役《しゅつやく》は面倒臭がるくせに、こういう時だけ野次馬根性を見せる卯之吉は、嬉々《きき》として歩み寄って行った。

火消の兄貴分らしい男が喚《わめ》いている。羽織の袖に朱色が入っているから小頭《こがしら》に違いない。

大川《おおかわ》（隅田川）東岸の消防を担当しているのは本所深川十六組で、この界隈《かいわい》を担当しているのは大組『南組』の二組である。組の印は『二つ算木《さんぎ》』といって、赤い長方形を横に二つ重ねて、二の文字を図案化したものであった。遊里は夜中まで火を使うので、火消は選《よ》り抜きの勇《いさ》み肌ばかりが集められていた。

小頭は、何故かは知らぬが怒り心頭に発している様子だ。

「おいおい、無茶を言われたら困るぜ。どこにも火の手は見当たらねぇし、半《はん》鐘《しょう》も鳴っちゃいねぇ」

　やり込められているのは料理茶屋の若い者だ。こちらは困惑顔である。

「それは承知の上だが、どうしても火消の衆を出して欲しいって、仰るんで」

「そんな無茶を抜かしていやがるのは、お前《め》ェさんのところの客かい」

「へい。そうなんで」

　それを聞いた周りの火消たちがいきり立った。

「梯子《はしご》乗りでもさせようってのか。フン、馬鹿馬鹿しいや。俺たちをなんだと思っていやがる」

　そう叫んだのは右の眉《まゆ》を火傷《やけど》で失くした若い火消だ。料理茶屋の者はその男に顔を向けて、やっぱり困った顔をした。

「そういう話なら、こっちも断りようがあるんだが……」

「どうしたい」

「それがね、これから火事が起こるはずだから、火消の衆に用意をさせておけ、という話なのさ」

「なんだそりゃ」

　眉のない火消が小頭に顔を向ける。小頭も首を傾げた。

「まさかたぁ思うが、その客が付け火を企んでるってことじゃねぇだろうな？

付け火は火炙《ひあぶ》りの重罪だぞ」

「まさか。信用のおける大店のご主人ですよ。それに、お連れ様は――」

「どうしたい」

言いよどんだ料理茶屋の者を小頭が睨《にら》む。茶屋の者は言い難そうにして、言った。

「お忍びの、ご大身様でございますよ」

「旗本かい」

まさか老中だとは思わなかったのだろう。

「ええ、まぁ……」

店の者は言葉を濁した。

「御大身のお武家と大店の旦那が悪ふざけか。馬鹿にしていやがる」

それを聞いていた卯之吉は、

「とんだ酔狂者がいたもんだねぇ」

などと、溜息《ためいき》混じりに言った。

銀八は（若旦那の酔狂には敵《かな》いません）と思ったのだけれども、黙っていた。

小頭は言う。

「とにかくだ。火事でもねぇ、定火消様《じようびけし》のお指図もねぇ、それなのに火消を集めることとなんかできるもんかい。後でこっちが町奉行所のお叱りをくらっちまう」

定火消は旗本が就任する火消で、名目上、町火消は定火消の指図《さしず》に従う決まりになっていた。もちろん火事の際には細かい命令など行き渡らない。町火消は自分の判断で消火にあたる。

卯之吉はニコニコと笑って見守っている。

「どうなるか、見ていようか」

銀八は呆れ顔だ。

「火事が起こるのを待つんでげすか？　起こるかどうかもわからないのに」

「むむ、それも面倒な話だね。立っているのも疲れてしまうよ」

根気があるのか、ないのか、その時の気分次第の卯之吉は、今回は根気がない日であったらしく、お目当ての料理茶屋へと向かった。

「さぁさぁ、歌えや、踊れや～」

などいつものように賑々《にぎにぎ》しくやっていたその時であった。

座敷の真ん中でクネクネと身をくねらせていた（本人は粋に踊っているつもり）卯之吉が、ふいに足を止めて、障子窓のほうに目を向けた。

そのまま微動だにしない。旦那の異様な振る舞いに驚いた芸者たちが、一斉《いっせい》に三味線と鳴り物の手を止めた。

「半鐘だ」

卯之吉が呟く。続いて、ダダダッ――と、窓辺に駆け寄って、締め切られていた障子をパーンと開けた。

「ああッ、火の手だ！　火の手が上がってるよ！」

災害を目にして何たることか、卯之吉は歓喜の叫び声を上げた。

「ご覧よ銀八！　本当に火事になったよ！　ああ、なんてことだろうね！」

事情を知らない芸者たちは、ますますの困惑顔だ。卯之吉ばかりが飛び跳ねている。

「行こう、行こう、銀八！　火事場見物だ」

銀八は窓から顔を突き出して、ひょっとこみたいに唇を尖らせた。

「わざわざ見物に行くまでもねぇでげす。風はこっちに吹いて来るでげすよ。すぐにもここに、火が回るでげす」

それを聞いた芸者たちが一斉に悲鳴を上げた。三味線や太鼓を担いで立ち上がり、着物の裾を捲って走り出す。

半鐘の音が四方八方で鳴り響き始めた。下の通りを酔客たちが逃げて行く。代わりに鳶《とび》の者たちが、火消半纏《ばんてん》を着るのももどかしげに走ってきた。

「火事になりましたよ御前様！　火事になりました！」

大和屋光左衛門が叫ぶ。相模守はカッと赫怒《かくど》した。

「喜んでおる場合か！」

「喜んでなどおりませぬッ！　ああ、早く逃げないと、焼け死ぬのは嫌だ！」

「などと、申してそのほう、笑っておるではないか！」

「なんと仰せで！　笑っていられるはずがございませぬ！」

生まれついての商家育ちで、愛想笑いが地顔になっている。大和屋光左衛門は笑顔で座敷から飛び出した。廊下も、逃げようとする客たちと、逃がそうとする見世の者たち、そして悲鳴を上げながら右往左往する仲居たちでごったがえしていた。

釣られて一緒に走ろうとした光左衛門の襟首を、何者かがムンズと摑《つか》んで引き戻した。光左衛門が見上げると、金剛坊が厳しい顔で睨みつけてきた。

「そっちは危ない。火が回る。逃げるなら反対の方角だ」

相模守も駆け寄ってくる。

「何故《なにゆえ》わかる！」

金剛坊は老中に対しても、同じ顔つきで睨みつけた。

「火行の気を感じるのです」

大和屋光左衛門は、大男の金剛坊に襟首を摑まれたまま、両腕を振り回した。

「御前様！　今は、行者様のお言葉に従いましょう！」

相模守もさすがに金剛坊の験力を認めるしかない状況だ。

「わかった。金剛坊、案内《あない》せい！」

「心得《こころえ》申した。拙僧からは、けっして離れなさいませぬよう」

金剛坊はノッシノッシと歩きだした。火が町内に迫っているというのに、悠揚《ゆうよう》迫らぬ物腰だ。

「ええい、早く逃げよ」

「ご懸念には及び申さず」

一階に下りた金剛坊は、雨戸を蹴破って料理茶屋の庭に出た。それからのんびりと空を見上げて、

「火行の気の流れを観想してござる」

などとのたまった。夜空は炎の照り返しで赤く染まっている。半鐘は〝摺半《すりばん》〟だ。緊急避難の警報であった。

「こっちでござる」

ようやく金剛坊は、逃げる方角を定めると、またしても、ノッシノッシと歩きだした。

四

「やぁ、面白い。勇ましい」

料理茶屋の二階の屋根に上った卯之吉が、扇子を扇《あお》ぎながら、「やんや」の歓声を上げている。

火消たちが燃える家屋に立ち向かっている。ある者は桶《おけ》で水をぶっ掛ける。別の組は周りの家を掛矢《かけや》（大きな木槌《きづち》）で破壊し、鳶口《とびぐち》の鉤《かぎ》を引っ掛けて倒す。延焼を防いで、火事を一箇所に留める〝破壊消防〟だ。

引き倒した柱や屋根材も、火消の若い者たちが運び出していく。炎に照らされた男たちの威勢の良さといったらない。卯之吉は無邪気に褒めそやし、屋根の上で踊り出しそうな気色《けしき》であった。

「酔狂が過ぎるでげす」

お供の銀八は呆れ顔だ。しかも、こんな酔狂者が一人ではない。十数人もの野次馬が屋根の上に鈴なりになって、火消の奮闘を観戦している。

今にも屋根が抜け落ちてしまいそうで、それだけでも不安でならないのだが、恐いのはそればかりではない。風向きが変わったら、火がこちらに迫ってくるかも知れない。

そうなったら、野次馬たちは我先に屋根から飛び下りて、走って逃げるのだろう。しかし卯之吉は身体が細くて弱い。押し合いへし合いの状況になったら、他人を押し退けることなど不可能だ。おまけに駆け足の遅さと来たら、まるでナメクジの如くである。

銀八も足の遅さでは卯之吉とたいした違いはない。主従で焼け死ぬことになるのは確実であった。

「そうれ、そうれ、引き倒せー」

卯之吉が妙な調子で囃《はや》し立てる。すると、それに合わせて周りの野次馬たちまでもが、「そうれ、そうれ」と唱和した。

幸いなことに、火事はさほどの広がりを見せずに鎮火した。深川は掘割《ほりわり》ばかりなので、消火の水には事欠かない。火消人足や地元の町人たちが、桶を手渡しで運んで、次々と水を掛けていったのだった。


深川の東には木場《きば》があった。山から伐《き》り出してきた丸太を、何年も水に漬けて樹脂を抜き、次には同じ年数をかけて乾燥させる。丸太が浮かんだ池と、柱を立てかけるための開削地が広がっていたのだ。

松平相模守と大和屋光左衛門、そして金剛坊は、貯木池の真ん中に浮かべた舟の上にいた。周囲が池であれば、火に巻かれる心配もないし、いざという時には移動ができる。周りには、相模守のお供たち、十名近くを分乗させた舟が三隻ばかり浮かんでいた。

大和屋は老舗の材木問屋なので、木挽《こびき》（木場の職人）たちに顔が利く。舟を用意させることなど、なんでもないことであった。

「大事にならずに、なによりであった」

相模守が夜の街を遠望しながら言った。

「火消の者どもに出役を命じてあったのが幸いしたのだな」

大和屋光左衛門は、懐から出した手拭いで汗をぬぐいながら答えた。

「仰せのとおりにはございまするが——」

傍《かたわ》らに立つ金剛坊に目を向けた。

「すべては行者様の、験力のお陰にございましょう」

その金剛坊は仁王立ちして両手に印《いん》を結び、物々しい形相で深川の街を睨みつけている。なんと金剛坊は、その姿で微動だにせず、鎮火するまで延々と真言《しんごん》を唱え続けたのだ。

遠方の炎に顔を照らされながら祈禱する山伏の姿は、なんとも頼もしげに見える。しかもだ。加持祈禱が験を顕したのか、火勢はみるみるうちに弱まっていった。

実際には、町火消の奮戦があってのことだが、貯木池にいる大和屋や相模守たちの目には見えない。見えるのは低い声で真言を唱え続ける金剛坊の姿と、みるみる消えゆく火事の炎だ。

大和屋光左衛門は、ますます感服しきった顔つきで金剛坊を見つめている。相模守も、なにやら感心しきりの面持ちであった。

金剛坊がようやく肩の力を抜いて、相模守に向き直り、船底に座った。

「もはや案じることはございませぬ。火行の気は鎮まりましてござる」

相模守は思わず、

「大儀であった！」

と叫んでいた。この火事を消し止めたのは金剛坊の験力だと認めたようなものだ。

大和屋も、ますます尊崇《そんすう》の目で金剛坊を見上げる。

相模守は舟を岸に戻すように命じた。船頭が櫂《かい》を取って桟橋《さんばし》に向かって漕ぎ寄せていった。

五

「おい、しっかり調べろ。燃え残りの炭に火がついたりしたらたまらねぇ」

南組二組の頭《かしら》であろう。派手な紅色の線が袖に入った、五十歳ばかりの男が指図している。

平人足《ひらにんそく》の火消たちが焼け跡を鳶口で丹念にひっくり返し、黒こげの柱や板を検《あらた》めている。赤い炭火を見つけるたびに、桶の水を丹念に掛けて消していく。白い煙が立ち上り、慣れているはずの火消たちすら、煙たそうに目を細めた。

火消たちの働きに目を光らせる頭の許に、ヒョコヒョコと軽い足どりで歩み寄って行く男がいた。

「ご苦労さまですねぇ」

声を掛けられた頭が肩ごしに振り返った。二組の頭は六尺（約百八十センチ）近い大男であった。背後に立った華奢《きゃしゃ》な体軀《たいく》の男のことを、ほとんど見下ろすような目つきになった。

華奢な男はニンマリと、愛嬌があるんだか、気色悪いんだか、理解に苦しむ笑顔を向けた。

「どなたさんですかえ」

頭は丁寧に訊ねた。男の着ている装束には、金がかかっているように見えたからだ。

男は笑顔で答えた。

「あたしは、三国屋の卯之吉、と申す者ですが……」

「ああ、三国屋の若旦那さんですかい」

深川門前町を担当する火消の頭は、当然のように三国屋の放蕩息子の名を知っていた。

「あっしは二組の頭で、助五郎《すけごろう》と申しやす。いつも深川を御贔屓《ごひいき》にしていただきやして、あっしからも礼を申しやす」

「いやいや」

卯之吉はヘラヘラと薄笑いを浮かべながら片手を振った。

「礼を言わなくちゃならないのはこっちさ。二組のお働きのお陰で焼け死なずにすんだ」

「そう言われると、あっしらも、働き甲斐があったってもんです」

「これはほんの火事見舞いと、火を消し止めた御祝儀だ。受け取っておくれなさい」

懐から紙入れを出して、金を摑み出す仕種をした。

「これはありがてぇお志でござんす」

頭も遠慮をする様子はない。

町火消の予算は町入用《まちいりよう》（自治会費）から出ている。しかし、実際に計上されている予算ではとても足りない。二組は火消を百人以上抱えている。それだけの人数に十分な給金を弾んでやることはできなかった。

仕方がないので火消たちは、普段は鳶職や、町の雑用などを請け負って働いている。

そしてもう一つの大きな収入源は、商人たちからの心付けであった。

かような次第で火消たちは、裕福そうな町人たちから金をもらうことを恥とは思っていないし、遠慮もしない。

「あたしたちが安心して深川で遊べるのも、火消の衆のお陰さ」

「ありがてぇお言葉だ」

「さぁ、とっておいておくれ」

言われたとおりに手を差し出した頭は、手のひらに小判を一掴みも載せられて、思わず取り落としそうになった。男伊達《だて》が身上の火消だ。心意気はあれど銭はない。小判の束がこれほどに重たい物だとは知らなかったのだ。

「さ、さすがは噂の若旦那……豪毅《ごうき》なもんですぜ……」

頭は大事そうに小判を懐に納めてから、額の冷汗を拭った。

卯之吉は、水を掛けてまわる火消の衆を眺めている。

「皆さん、良く働きますねぇ」

「へい。ほんの少しでも消し残しを見逃せば、火勢が元に戻りかねねぇもんで」

「ほう？」

「焼け棒杭《ぼっくい》に火がつくなどと申しやすが、一回焼けて炭になった棒や杭、柱なんかは火がつきやすい。消し残しがあったりしたら、また火事になりかねねぇんで。大火が焼け止まった後で、もう一回、大火事になったりするのはそのせいなんでございますよ」

「なるほどね」

卯之吉は、その話にはまったく関心がない顔つきだ。代わりに別のことを訊ねた。

「火事になる前に、『まもなく火事になるから、火消の衆を出してくれ』と頼みに来たお人がいたようだけど」

頭は、にわかに険しい顔つきとなった。

「どこでその話をお聞きになったんで？」

「二組の小頭さんと、どこかの料理茶屋のお人が揉《も》めているのを、通り掛かって目にしたのさ」

「どうしてウチの者だとわかりやしたかね」

「だって、南組二組の印半纏を着ていたもの」

頭は顔をしかめた。

「チッ、長吉《ちようきち》め、人前でなんて恥をさらしやがる。……若旦那、とんだところをお目にかけやした」

頭は頭を下げた。

「それは別にいいけれど、それで結局、本当に火事になったわけだよね」

頭はムッツリと頷いた。卯之吉は首を傾げた。

「これはどういうことなんだろう。付け火なのだろうか」

「火元ならはっきりしておりやす。花房屋《はなぶさや》ってぇ看板を掲げた料理茶屋で」

卯之吉はその見世の名を知らなかった。老舗ではない。評判にもならない安い店なのだろう。

「その見世で働き始めたばかりの若い仲居が行灯《あんどん》を倒したらしくて、しかも間が悪いことに、客が驚いて、座敷にあった油瓶を蹴り転がしちまったそうなんで」

「油がぶちまけられた？」

「へい。それに火がついて、あれよあれよという間に……」

「間の悪いことだねぇ」

「火事になる時は、そういうもんなんで」

よほどの悪条件が重ならない限り、火事などは起こらないものだ。

「その二人は火事に紛れて逃げちまったそうですぜ」と、頭は続けた。

「火を出した家は遠島ってのがご定法《じょうほう》だ。可哀相《かわいそう》だが、花房屋さんのご主人が二人の代わりに責めを負わされることになるでしょう。辛いことになりそうですぜ」

「哀れなことだねぇ」

これればかりは、お上が定めた法であるのでどうにもならない。

故意の付け火は火炙り刑。過失の火事は遠島刑。江戸は火事に弱い町で、ひとたび大火になると何万人もの人々が死ぬ。それゆえ火事に対する取り締まりは過酷なまでに厳重なのであった。

「それで、『間もなく火事になる』と言っていたお人と、花房屋さんで火を出した二人とに関わりはあるのかねぇ？」

花房屋から火が出ることを知っていたのなら、この一件には裏があると考えざるを得ない。

卯之吉は同心としてではなく、酔狂者として関心を引かれたのだ。

「それを見定めになられるのは、町奉行所のお役人様のお仕事でしょうぜ」

頭は、卯之吉が同心だと知っていたわけではないのだが、そう言った。

「なるほど、そのとおりですねぇ」

卯之吉は涼しい顔つきで頷いた。

第三章　御用商人の秘策

一

　笹の葉が風に吹かれてサラサラと乾いた音を立てている。竹林に囲まれた屋敷の座敷に、大津屋宗龍が座していた。

「どうやら上手《うま》いこと運んだようや。松平相模守はんは、金剛坊に帰依《きえ》しそうな勢いでっせ」

　どこの生まれとも知れぬ宗龍が、取ってつけたような上方言葉で言う。

　上座には天満屋の元締が憮然《ぶぜん》として対座していた。座敷にいるのは二人だけだ。春だというのに冷え冷えとした風が吹き抜けている。笹の葉が、また、サラサラと鳴った。

天満屋は相槌《あいづち》すら打たなかったが、宗龍は一人で、得々として喋《しゃべ》り続けた。

「〝将を射んとすればまず馬を射よ〟とは、この謂《いい》ですなぁ。相模守の尻尾《しっぽ》に食らいついとる大和屋を籠絡《ろうらく》すれば、いずれは相模守に辿《たど》り着くという次第や。金剛坊の奴、『このまま祈禱《きとう》で食っていこうか』などと抜かしておりましたで」

天満屋は冷たい目を上げた。

「金剛坊め、我らの仕掛けから抜ける――などと考えてはおるまいな」

「まさか」

宗龍はカラカラと笑った。

「あの男が験力《げんりき》を見せつけることができるんは、わしらが仕組んだカラクリがあるからでっせ。似非《えせ》山伏の一人だけでは、なーんにも、でけしまへんのや」

いったい何カ国分の上方言葉が混ざっているのか。大坂の町には、畿内の周辺諸国から商人や労働者が集まって来るので、わけのわからぬ言葉づかいになる。

「そもそも、大和屋の孫娘を見つけたカラクリも、わしが智慧を授けてやったことや」

「孫娘は良く寝ていた、という話だが？」

「大橋式部先生が処方してくれた阿芙蓉《あふよう》を使《つこ》うたんや。本当は寝とったんやあらへん。人の頭をボーッとさしてまう薬だそうですわ」

「阿片《あへん》だな」

「へぇ？」

「阿片は、阿芙蓉という花の実から取る」

「さいでっか。そんな薬がチョチョイと出てくる式部先生、さすがは長崎の蘭方医者や」

「大和屋の孫娘は、お前たちの手で攫《さら》って、経文蔵に隠しておいたのか」

「そうですわ。経文蔵の鍵は坊さんの長袖から、掏摸《すり》が掏ったんや。掏摸の名人なら、あの界隈《かいわい》にはぎょうさんおりますさかいな。経文蔵の錠を開けた後で、また坊さんの袖に戻しておいた、いうんやから、たいしたもんや」

「孫娘はどうやって経文蔵まで運んだのだ。その場の皆が探し回っていたはずなのに。どうやって経文蔵まで運ぶことができたのだ」

「まぁ、それはちょっとしたカラクリや」

宗龍は言葉を濁した。金剛坊や大橋式部の手口はペラペラと喋るが、人攫いの手口は教えるつもりがないらしい。

もしかしたらこの悪党は、人攫いを本業としているのかも知れない。悪党というもの、自分の手口だけは人に語らないものである。

「大和屋の老女の病が治った、という話は」

「それも式部先生のお手柄や。腰の痛みぐらい阿芙蓉を嗅がせればピタリと治まるそうでっせ。ただし、本当に治ったわけやない、痛みを感じなくなるだけ、という話でしたけどな」

「すべてタネがあってのことか。金剛坊め、たいした験力があったものだ」

宗龍はニヤリと、人が悪そうに笑った。

「わしらは人を騙すのが商売や」

「金剛坊の噂を聞きつけて、大和屋に押しかけてきた他の者どもも、同じようにして騙したのか」

「うーん」

ここで宗龍は、思いがけずに考え込んだ顔つきで、天井など見上げた。

「どうした」

「いやさ、元締。人っちゅうもんは、実につまらんことで思い悩むもんやなぁと、そう思いましたんや」

「なんの話だ」

「金剛坊に持ち込まれた悩みを聞く。それで、わしや式部先生の手で、なんとかなるもんなら、なんとかしてやる。それが今回の騙《かた》りの手口や。そやけど、なんで、そんなことで悩まなあかんねん、というような話が、ぎょうさん持ち込まれてくるんや。夫の女癖が悪い、とか、総領息子が満足に働かない、とか。そんなん知らんがな。あんたが叱り飛ばしたらええやろ、いう話でっせ」

宗龍は首を横に振った。

「ほんま、人助けいうんはアホらしい」

「何を言っておる」

天満屋は感情のない低い声音で言った。

「我らは人助けのために、こんなことをしておるのではないぞ」

「そうやった。つい、仏心が出てしもうた」

「それで、肝心の、本多出雲守を追い落とす策は、どうなっておる」

「上手いこと運んどりまっせ」

「いったい、どんな手口で筆頭老中を追い落とすつもりなのだ」

「そやから、金の力を使う、言いましたやろ」

「どのようにして使う」

宗龍はニヤリと笑った。

「今日は元締と二人きりや。ほしたら、触りだけでも、話しておきまひょか」

宗龍は胸中に秘めておいた策を語り始めた。

窓障子の外では笹の葉が鳴っている。

宗龍が語り終えた時、天満屋は長い鼻息を吹いた。

「その手ならば本多出雲守を追い落とすことができるかも知れぬ」

「そうでっしゃろ。本多出雲守のいない三国屋は怖くない。出雲守と三国屋の後ろ楯を失くした八巻は、ちょいと腕が立つだけの、ただの同心でっせ」

天満屋の元締は無言で頷《うなず》いた。たとえ八巻が江戸で五指に数えられる剣豪でも、使い手を集めて押し包めば、討ち取ることができるはずだ。

二

「ここが大和屋かい」

荒海ノ三右衛門が厳しい顔つきで軒看板を見上げた。

「なるほど、たいした大店《おおだな》だな」

柱は太いし、壁には漆喰《しっくい》が丁寧《ていねい》に塗り込めてある。

江戸という町は火事が多くて、どこの町でも十年に一度は大火事にみまわれた。十年しか持たないとわかっている家に金をかけるのは惜しい。そう考える者は、極めて安普請に家を建てたのだ。

「親分、これだけの家を建てるってことは、それなりの身代《しんだい》があるってことですぜ」

荒海一家の子分の一人、ドロ松《まつ》が、したり顔で頷いた。

「金が唸《うな》っているように見えやす。悪党どもにとっちゃあ、ご馳走を目の前に並べられたみてぇなもんだ」

ドロ松は、その名のとおりの泥棒あがりで、こともあろうに荒海一家の手文庫（金庫）を狙って、三右衛門の店（荒海一家の表稼業は口入れ屋）に忍び込んだ。荒海一家の鼻をあかして、我が名を上げようと目論《もくろ》んだのだ。

ところがあっけなく三右衛門に捕まってしまい、折檻《せっかん》されたり訓諭《くんゆ》されたりした挙げ句、三右衛門の男気に惚れ込んで子分にしてもらった。

そういう経歴の持ち主なので盗賊などの手口には詳しい。

「いかさま坊主が狙いをつけたとしても、おかしくはねぇです」

三右衛門も頷いて、通りにも目を向けた。

「あいつらは、金剛坊サマの験力を慕って集まってきた善男善女かい」

悩みや、病を抱えた者たちが、列を作ってやってくる。

「大和屋も迷惑な話だろうぜ」

ドロ松は首を横に振った。

「ところが、そうでもねぇんで。大和屋の後家《ごけ》さんも旦那さんも、すっかり金剛坊に帰依していやがる。金剛坊を宣伝して回っているのも後家さんだ。金剛坊の信者が大勢やって来るのを、喜んで見てるって話ですぜ」

「しかし、商売の邪魔になるだろうよ」

「店の裏手に、ちょっとしたお堂なんかを建ててやって――」

「お堂だぁ？」

「へい。それが金剛坊サマの祈禱所なんでさぁ。相談に来た連中が順番を待つための小屋なんかもあるらしいですぜ。なにしろ材木屋だ。材木置き場ってぇ広い土地も持っていやがるし、大工とも顔が繋《つな》がってる。そのくらいはお手のもんなんでしょうぜ」

「入れ込みの度が過ぎるぜ。……もしかして大和屋は、金剛坊と一味同心《いちみどうしん》の騙り屋なんじゃやねぇのか」

「そこら辺りの真相を、これから、あっしが調べてこようって寸法で」

「おう、そうだった」

今日のドロ松は、堅気者《かたぎもの》の職人に見える格好をしている。ひげも月代《さかやき》も剃ってきたし、古着ではあるが、地味な仕立ての着物をきちんと着ていた。

「それじゃあ金剛坊のツラを拝んで参りやすぜ。……案外、昔の馴染みかもわからねぇ」

ニヤリと笑う。

悪党たちは手を変え品を変え、名前すら変えて、悪事に励んでいる。裏の世界では良く見知った者同士がバッタリと顔を合わせることも珍しくはなかった。

「おう。頼んだぜ。……いや待て。そんなにニヤけたツラで乗り込むんじゃねぇ。お前《め》ェは相談事があってここに来たんだ。それを忘れるな」

「へい。抜かりはねぇですぜ。任しといておくんなせぇ」

ドロ松は大和屋に向かって行った。三右衛門はそっと引き返して、身を隠すことにした。

「御免下せぇやし」

ドロ松は大和屋の暖簾《のれん》をくぐって挨拶《あいさつ》した。

泥棒時代には、狙いをつけた商家に一人で乗り込んで、探りを入れたこともあった。家の間取りも知らないようでは、忍び込んだ時に困る。それゆえ芝居のほうも、なかなかの達者であった。いかにも弱り果てた顔つきで頭を下げた。

帳場にいた手代が顔を向けて、すぐに、

「金剛坊様のご祈禱をお望みの方ですね」

と、なにも言わぬ前に決めつけてきた。都合が良い。

「お察しのとおりでござんす。どうにもよんどころのねぇ事情がござんして、あっちこっちの八卦見《はっけみ》に占ってもらったんでやすが――」

「裏手へお回りください。小僧がおりますから」

話の途中で腰を折られて通り庭を指差された。その手代や、帳場格子《ごうし》に座った番頭の顔つきが険《けわ》しい。番頭などはドロ松に目も向けないし「いらっしゃい」の挨拶もなかった。奉公人たちは、金剛坊とその信者たちを快く思っていないことが窺《うかが》われた。

（そういうことなら、奉公人たちの愚痴を訊《き》きだすって手もあるぞ）

などと思案を重ねつつ、ドロ松は丁寧に頭を下げて、通り庭へと向かった。

通り庭とは、表店から裏庭へ抜けるための通路である。商家は、表通りに面した間口の幅で、間口税を払っていたので、道に面した間口は狭く、奥に向かって長い、鰻《うなぎ》の寝床のような構造になる。

通り庭を抜けると急に敷地が広くなった。掘割に面した材木置き場に出たのだ。

（おう、あそこか）

まだ真新しいお堂と、もう一つ、馬小屋みたいな建物があった。もしかしたら本当に馬小屋を改装したのかも知れない。窓は障子で塞《ふさ》がっていたが、入り口に戸はついていなかった。

入り口の前に子供がいる。手代の言っていた小僧であろう。商家で働く子供のことを、上方では丁稚《でっち》といい、江戸では小僧と呼んでいた。

ドロ松は、ますます弱り果てた顔つきを取り繕って、歩み寄っていった。

「ちょいと小僧さん。こちらに功徳《くどく》のある山伏様がいらっしゃると聞いて来たんだがね」

小僧はニコニコと笑顔で答えた。

「金剛坊様ですね！」

商家の小僧ならば申し分のない接客だが、悩み事や病気の相談に来た者に向かって、この笑顔は少々まずいのではあるまいか。

「おう。その山伏様だ。どうでも観てもらいたいことがあるんだけどな」

「それでは、これをお持ちください」

木の札を渡された。三十二という文字が書かれている。

「なんでぇこれは」

「順番札です。今、十六番様のお話を伺《うかが》っております」

ドロ松は指折り数えて計算した。

「ということは、十二番もあとかよ」

「十六番あとです」

「もっと酷《ひど》いじゃねぇかよ」

「今日はまだ少ないほうですよ。どうします。お帰りになりますか」

「……仕方がねぇ。待つよ」

ドロ松は番号札を受け取って小屋に入った。

小屋の中には、貧乏や不幸を絵に描いたような者たちが、死んだような顔つきで座っていた。おまけに病人の臭《にお》いまでした。

病人の呼気や肌の異臭が病の感染源だということは、江戸の人々も経験で知っていた。

（こんな所には、いられねぇや）

ドロ松は外に出て、小屋の壁際にうずくまった。

かれこれ二刻（四時間）も待たされたであろうか。江戸の物売りは計算高くて働き者だ。こんな所にまで弁当や茶、甘酒などを売りに来た。もちろん、大和屋に上前の銭を払ってのことだろう。

ドロ松は弁当を買って食った。思い悩んでいる、ということになっているが、空腹《こら》は堪えられない。

泥棒をしていた頃は、町の者が寝静まるまで根気強く待つことができたのだが、侠客一家の子分になって、万事、気短になったようだ。

（いったいいつまで待たせるんだよ）と、たいがい辛抱仕切れなくなった頃、ようやく番号を呼ばれた。

「おう、オイラだ」

ドロ松は木札を小僧に返して、問題のお堂に向かった。

小僧が扉を開ける。中で護摩《ごま》でも焚《た》いたのであろうか、堂内に立ち込めていた煙が吹き寄せてきた。

ドロ松は目敏《めざと》く堂内に目を向けた。六畳ほどの板敷きで、奥の真ん中に囲炉裏《いろり》が切ってあって、炉が据えてあった。多分、護摩壇の代わりであろう。脇には香炉が置いてあって、紫色の煙を上げていた。

その奥がさらに一段高くなっていて、須弥壇《しゅみだん》のつもりなのか、不動明王の像が置かれてあった。

「そちらにお座りください」

不動明王の正面の下座に茣蓙《ござ》が敷いてある。相談者、あるいは信者は、そこに座るようだ。

ドロ松は言われたとおりに座った。なんだか腰が落ち着かなくて、何度も座り直した。

扉が外から閉められた。お堂の中が薄闇に包まれる。窓はなく、外光を感じるのは、天井近くに空けられた空気抜き穴だけだ。

小僧の足音が遠ざかった。ドロ松は油断なく、待ち続けた。

やがて須弥壇の向こうで、ギイッと扉の開く音がした。大きな人影が不動明王を回り込んで近づいてきた。

ドロ松は、きつい目つきにならないように気をつけながら顔を向けた。

(見たこともねぇ野郎だ。俺の知り合いじゃなかったな)

大男で、異相の持ち主である。一度見たら忘れる顔ではない。

(おっと、ジロジロ睨《にら》んでいたら怪しまれるぜ)

金剛坊が不動明王を背にして座った。ドロ松は、急いで低頭した。

「お噂に名高い、金剛坊様でございましょうか……」

「いかにも、拙僧が金剛坊だ」

ドロ松が目を上げると、相手と目が合った。

(薄ッ気味の悪《わり》ィ目で、こっちを見ていやがるな)

首筋に冷汗の滲むのを感じた。

気を取り直して、用意してきた口上を述べる。

「オイラは日本橋鉄砲町《てっぽうちょう》の裏長屋に住んでる、松吉《まつきち》ってぇ大工にございます。実は、女房のことで、いろいろと面目《めんぼく》がねぇ次第になりやして」

「鉄砲町の松吉さん……な」

金剛坊は瞬《まばた》きもせず、唇もほとんど動かさずにそう言った。

(まるで山犬の吠えるような声だぜ)と、ドロ松は思った。

金剛坊は上背があり、正座した太股も太い。座っていても、小柄な男の背丈と同じぐらいはある。

ドロ松はますます気圧《けお》されるのを感じた。

(この野郎の貫禄は只事《ただごと》じゃねぇな。本当に徳の高い山伏様か、さもなかったら大悪党だ)

自分のような小悪党にどうこうできる相手ではない。そんな予感に身を震わせた。

思わず言葉を失くしたドロ松の顔を、瞬きもせずに金剛坊が凝視している。そして突然、細い瞼《まぶた》をカッと見開いた。

「そなた、いずこのお役人の手の者かな?」

ドロ松は、ほんの少し顔色を変えた。自分の顔が震えたのを感じた。そして、その顔つきの変化を、金剛坊に読まれたと察した。

金剛坊は白々《しらじら》しく続ける。

「そなたに限らぬよ。寺社方のご検使様や、町奉行所のお役人様などが、拙僧の評判を聞きつけて、探りの手を伸ばしてこられる。そなたで、早、五人目だ。拙僧の評判を聞けば、誰しもが詐欺《さぎ》を疑うのであろうな」

疑われても、立腹した様子も見せずに、金剛坊は護摩壇のほうを向いて、座り直した。

「さて。そなたは、いずこの御方のご配下かな」

そう言いながら護摩の木を炉にくべた。炎が吹き上がり、火の粉が飛び散る。

そして金剛坊は朗々と真言《しんごん》を唱え始めた。

ドロ松の主人を占ってみせようとしているらしい。見事に当てることができたならば、己の験力の証《あかし》となる、などと考えているようだ。

「ふぅむ……。なにやら奇妙な……。お手前の主もまた、拙僧と同じ眼力の持ち主のようだ」

ドロ松はギョッとなった。

（八巻の旦那のことを言っていやがるんだ！）

三右衛門は親分であって、主ではない。主と呼ばれるに相応《ふさわ》しいのは八巻卯之吉で、千里眼の持ち主だと噂されている。

このままではまずい。

（こいつに何もかも見抜かれちまったら、八巻の旦那に迷惑がかかる）

そう思ったのだが、足が痺《しび》れたみたいになって、立ち上がることができない。

「お手前の主には、強運の相がある。それも、万人に一人……否、天下に二つとない運気だ」

確かにそのとおりだ。老中をも恐れず、大名たちとも親しく付き合い、おまけに三国屋という後ろ楯がついている。

「だったら、なんだって言うんだい……！」

精一杯に気を張ったつもりが、震え声にしかならなかった。

金剛坊が振り返った。ドロ松の目をじっと覗きこんできた。

「主殿に伝えよ。その運気も衰えようとしている、とな」

「なんだとッ、俺たちの旦那がどうこうなるって、抜かしやがるのか！」

金剛坊はニヤッと笑った――ように見えた。

「そこまでは拙僧にも読めぬ。だが、お前たちも、身の処し方を考えておくが良いな。主の没落に巻き込まれてはつまらぬぞ」

〝そなた〟が〝お前〟に変わっている。ドロ松を呑んでかかっているからだろう。確かにドロ松は、相手の気合に呑まれていたのだ。

「……野郎ッ、俺たちの旦那のことをとやかく抜かしやがると……」

殴ってやろうかと思ったが、この大男に殴り掛かっても勝てそうにない。

「拙僧は、我が心眼に映ったままを語ったまでじゃ。さて、拙僧の験力をお見せしたわけだが、納得したか。主のお役人様には宜《よろ》しく伝えよ。この金剛坊、嘘いつわりなく、本物の験力の持ち主でござる」

金剛坊はそう言って、手許の鈴をジャランと鳴らした。

扉が開いて小僧が顔を覗かせる。金剛坊は小僧に向かって、

「お帰りじゃ」

と、言った。

ドロ松は小僧の手を借りて立ち上がった。手を借りなければ立つこともできなかったのだ。そして小僧に送られて、表道まで連れて行かれた。

ドロ松の次に呼ばれたのは、四十歳ほどの女であった。中堅の商家のお内儀、といった姿である。

金剛坊は内儀の前に座った。その巨体を見上げて、女は身を縮めた。

金剛坊は、故意にくぐもった声音で語りかけた。

「恐れることはない。拙僧は衆生《しゅじょう》を救うために験力を磨いて参ったのだ。して、

お悩みは何かな」

本当に千里眼があるのであれば、どんな悩みがあるのかぐらい、見通せるはずである。しかし内儀はその矛盾には気づかずに答えた。

「手前どもの、娘の行方を、探していただきたいのです……」

浅草寺での一件が評判を読んでいるらしく、こういう手合いが何十人も押しかけてくる。金剛坊は内心、ウンザリしていたのだけれども、もっともらしい顔つきを取り繕って、話に耳を傾けた。

ドロ松は、フラフラと歩いた。とにかく逃げ出さなくてはならない。そんな恐怖に苛《さいな》まれていた。

「おいッ、ドロ松！」

名を呼ばれて、目を向けると、三右衛門の顔があった。

「おいッ、どうした！　しっかりしやがれ！」

すぐ耳元で、がなりたてられているはずなのに、その声は、遥か遠くから聞こえてくるかのようであった。

三

日が暮れると天満屋の隠れ家はますます寂しく、おどろおどろしい雰囲気に包まれる。周りは竹林で人家はない。遠くで鳴いているのは、犬ではなくて狐であった。

隠れ家に提灯《ちょうちん》が一つ、近づいてきた。雪隠《せっちん》に立った宗龍は、その明かりを遠目で確かめた。

隠れ家の周囲は天満屋の手下たちが見張っている。

その提灯は、見張りたちに黙認を受けて、さらに近づいてきた。

(金剛坊だな)

宗龍は座敷に戻って障子を閉めた。

大和屋に張りつけてあった小悪党からの報《しら》せで、荒海一家の子分が一人、金剛坊の祈禱所に乗り込んで来たことは知っていた。

(さすがは八巻や。抜かりはないな。せやけど、こっちにも抜かりはないで)

荒海一家の子分たちについては、詳しく調べ上げてある。小悪党たちには顔を見憶《みおぼ》えさせて、誰が乗り込んできても、すぐ金剛坊に伝わるようにしてあったのだ。

小悪党の報告によれば、金剛坊は荒海一家の子分を上手にあしらったという。

(今日は首尾よく運んだようやが、相手は八巻や。事を急いだほうが良いかもわからん。……せやけど、急《せ》いては事をし損じるの謂もあるで)

などと思案していると、金剛坊が鴨居の下を窮屈そうにくぐりながら入ってきた。

宗龍と金剛坊は、この一件で手を組むことになったが、馴染みがあるわけでも、親しいわけでもなかった。金剛坊は宗龍に挨拶もなく、ドッカと荒々しく腰を下ろした。

宗龍は文机《ふづくえ》に向かって座っていたが、記帳していた帳面をパタリと閉じて、金剛坊に向き直った。

「どうやった、本日の次第は。良いカモになりそうなんは、おったか」

「なんじゃ、その物言い」

金剛坊は怒気を露わにする。

「何度も言うが、俺は貴様の手下になった覚えはないぞ」

宗龍は底意地の悪そうな笑みを浮かべた。

「天満屋の元締に雇われとる間は、わての言うことに従ってもらう。そういう約束や。約束は守ってもらわなあかん。それが嫌なら尻を捲《まく》ることや」

尻を捲るとは、この一件から抜けろ、という意味である。

金剛坊はきつい眼差しで宗龍を睨んだ。

「わしにばかり辛抱させておるが、本当に、大金になる仕事なのだろうな！」

「当たり前や。あんたが摑《つか》んだカモを見ればわかるやろ。大和屋は江戸の大店。その次はおそれ多くも老中様や。上手いこと転がして行けば、三国屋みたいな身代になることかて、夢ではないんやで」

金剛坊の顔に赤い血が上った。

「だが、せっかくの鴨を摑んでも、銭をせびろうとしないのでは、なんにもなるまいが！」

「なんや。祈禱料が安いいう、文句かいな」

「一日中、護摩壇の炎の前に座らされ、真言を張り上げ続けて、その代金が百文、二百文だ。やってられるか！」

宗龍は、心底馬鹿にしたような顔で金剛坊を一瞥《いちべつ》した。

「せやけど、あんたに大金をあてがったら、すぐにも女郎買いに走るやろ。金剛坊サマの悪い評判が立ったりしたら、これまでの策が無駄になるで」

「わしを子供扱いするつもりか！　金を何に使おうとわしの勝手だ！」

「そんな勝手な物言いをするんやったら、あんたが自前で祈禱したらよろし。あんたのいかさま祈禱で、どんだけ銭が稼げるか、やってみなはれ」

金剛坊は「ぐっ」と言葉をつまらせた。自分の千里眼のタネは宗龍の智慧だ。その自覚ぐらいはあった。

宗龍はますます意地が悪そうに笑った。

「己の立場がわかったようやな。ほなら、話を元に戻すで。で、どないや。今日はどんな相談事が持ち込まれてきたんや」

金剛坊は、憮然としてあぐらをかきなおした。「ケッ」と横を向いてから答えた。

「お前の智慧で、どうにかなりそうな相談が持ち込まれて来た」

「どんな話や」

「下富坂町《しもとみざかちょう》の、菓子屋の内儀だと言っておったな」

「下富坂町？　江戸のどの辺りや？」

上方から来た宗龍は江戸の地理に暗い。金剛坊の土地勘もあやふやだ。

「水戸家《みとけ》の上屋敷の北のほうだとか申しておった」

これで千里眼を名乗るのだから、たいした度胸ではある。

「それで？　下富坂町の菓子屋のお内儀がどうしたんや」

「五年前に娘を攫われたそうだ」

「攫われた？　なんでわかるんや」

「町内で評判の器量良しで、歳は九つだったという話でな」

「ああ、そんなら間違いないやろ。人買いに攫われたんやな」

宗龍は文机に向き直って記帳した。それから机の上の鈴を鳴らした。

「お呼びですかい」

早耳ノ才次郎が顔を出す。廊下に正座して、障子の隙間から覗きこんできた。

宗龍は才次郎に質《ただ》した。

「五年前、下富坂町の辺りで悪事を働いていた人買いを知っていなはるか」

才次郎は、ちょっと考える顔つきをしてから、答えた。

「二、三人の心当たりがありやすぜ」

「その中に、九つになる、菓子屋の娘を攫った者《モン》がおらんかったかどうか、当たりをつけてもらいたいんや」

才次郎は金剛坊に目を向けて、ニヤリと笑ってから頷いた。

「金剛坊様の千里眼で、見つけて差し上げようってぇ魂胆《こんたん》ですかい」

「そういうことや。どこに売り払ったのか、いま娘はどこにおるんか、それがわかれば万々歳や。すぐに調べてきておくれ。あんじょう見つけることができれば、また一段と、金剛坊の名が揚がるで」

「へへっ。合点でさぁ」

才次郎は軽い身のこなしで、飛ぶようにして去った。

宗龍は、もう一度、金剛坊に目を向けた。

「あんた一人の働きで、千里眼を気取れるもんなら、やってみなはれや」

金剛坊はギリギリと歯嚙みした。


「ふぅん。面妖な話だねぇ」

夕刻、八丁堀にある八巻家の座敷。

卯之吉は煙管《きせる》を片手にしながら、思案顔をした。

下座には三右衛門が正座している。ドロ松の顚末《てんまつ》を報せに来たのだ。

卯之吉は南町奉行所から帰ってきたばかりで、まだ黒羽織を着けていた。どんな時でも、誰が相手でも、きちんと正座するのが卯之吉だ。背筋を伸ばして聞き入って、ほっそりとした首を傾《かし》げた。

「それで、ドロ松さんは？」

「あんな野郎にさんづけするのはもったいねぇですが、ドロ松の野郎は寝込んじまいやしたぜ」

「寝込んだ？」

「山伏野郎の眼力に当てられた、とか、抜かしていやがりやした。チッ、面目次第もねぇ話ですぜ。あんな臆病者だとは思いやせんでした。あの野郎に行かせたのはあっしの手抜かりでさぁ」

「親分さんが、じゃなかった、三右衛門が詫びることじゃないよ」

卯之吉はなおも考え込んでいる。

「その山伏さん、あたしのことを見抜いたのかえ」

三右衛門は唇を尖らせた。

「そんなのは、種も仕掛けもあることですぜ。山伏野郎は大掛かりな騙りを目論んでいるのに違《ちげ》ぇねぇ。江戸に乗り込んで来る前に、町方や寺社奉行所の役人と、その手下を調べていたのに違ぇねぇんで」

「ドロ松さんの顔も見知っていたってのかい」

下調べが細かいことだ、と卯之吉は思った。

「偽《にせ》山伏だったとしたら、ずいぶんと手が込んでいるよ。誰の手下が調べに来るかもわからない。お役人様がたが抱えた手下の、顔ぶれを調べるのには手間がかかるよ」

「へい。銭もかかりやす。確かに、割に合わねぇ話かもしれやせん」

「その山伏様の祈禱料は安いんだろう？　うーん、良くわからないな」

考えこんだ卯之吉に、三右衛門が探るような目を向けてきた。

「どうです旦那。ここいらで千里眼勝負と洒落《しゃれ》込んでみては……」

「えっ？」

卯之吉が顔を上げる。三右衛門が不敵な笑みを浮かべている。

「旦那が乗り込んで、山伏野郎と眼力比べをするんでさぁ。旦那の千里眼は本物だ。旦那の眼力にかかれば、山伏野郎のいかさまじゃ太刀《たち》打ちできねぇ。ペシャンコにしてやったところでお縄に掛ける――ってのはどうですかぇ？」

卯之吉は首を傾げた。三右衛門は威勢よく続ける。

「そうすりゃあ、大和屋の目も醒《さ》めるでしょうぜ」

（どうして親分さんは、あたしのことを、天下の豪傑みたいに思い込んでいなさるのかねぇ？）

まったく不思議でならない。

「まぁ、やめておくよ」

卯之吉は火の消えた煙管を莨盆《たばこぼん》に置いた。三右衛門は不服そうな顔をした。

「どうしてですかえ」

「だって、恐いじゃないか」

卯之吉は本気で言ったのだが、三右衛門は冗談だと受け止めて、「ガハハ」と高笑いをした。

「旦那のことだ、深いご思案があるんでしょう」

「うん。まんざら、ないわけでもない」

「そいつぁ頼もしいですぜ」

三右衛門は、また、笑った。

三右衛門が帰った後で、美鈴が座敷に入ってきた。卯之吉は珍しいことに、まだ正座をしていた。普段なら、羽織や着物を脱ぎ散らかして、畳の上でゴロゴロと寝そべっているのだが。

美鈴は家でも男装をして、袴を穿《は》いている。きちんと裾を捌《さば》いて正座をすると、盆にのせて持って来た湯呑茶碗を勧めてきた。

「あの山伏、本当に千里眼の持ち主なのでしょうか」

美鈴は大和屋の孫娘（光左衛門にとっては娘）が見つけ出された一件を目の当たりにしただけに、強い関心を持っているようだ。

卯之吉はちょっと目を向けた。

「聞いていたのですか」

「立ち聞きなどするつもりはございませぬが、あの親分の大声ですもの。聞くつもりがなくても聞こえてしまいます」

「うん。この屋敷は手狭ですからねぇ」

庶民の長屋と比べたら遥かに広い同心の組屋敷《くみやしき》を見渡してから、そう言った。またも冗談のように聞こえる物言いだ。

「大和屋さんのことは、放っておけませんねぇ」

卯之吉としては極めて珍しく、自分から事件に取り組むつもりになっているらしい。

しかし、別段、同心としての自覚に目覚めたわけではないようで、

「うちの屋敷の立て直しをした時、大和屋さんには世話になりましたからねぇ」

と言った。この〝うち〟とは組屋敷のことではなく、三国屋のことだ。

卯之吉はスックと腰を上げた。

「出掛けてきます」

美鈴は、(旦那様が立派に見える……！) と感激しながら、問い返した。

「どちらへ？」

卯之吉は廊下に出ながら答えた。

「吉原」

「あっ」

美鈴は腕を伸ばして取り押さえようとしたのだが、卯之吉はピョンと跳んで逃《のが》れた。

四

「くそうッ」

金剛坊は手にした土器《かわらけ》を投げつけた。土器は瓶子《へいじ》に当たって粉々に割れた。

土器は盃の代わりに使われていた素焼きの小皿である。瓶子も素焼きの安物で、入っているのは清酒ではなく、どぶろくであった。

「宗龍め！　この俺様を安く使いやがって……！」

瓶子を取って、口をつけて飲む。元々酒癖の悪い男であったが、今日の酔態はいつもに増して荒々しい。

そこは土壁に罅《ひび》の入ったあばら家であった。早耳ノ才次郎の塒《ねぐら》である。百姓から借りた小屋で、納屋として使われていたのであろう。床もなく、土の上に筵《むしろ》を敷いて座っている。

才次郎は小屋の隅にいた。迂闊《うかつ》に近づいて太い腕で殴られたりしたらつまらない。

金剛坊は酒臭い息を吐いた。

「江戸中の金持ちが俺様の験力を頼って来やがるというのに、礼金をせびっちゃならねぇだと！　いったいどういうつもりだ！　こんな薄汚《うすぎたね》ぇ小屋に押し込めやがって！」

才次郎にジロリと目を向ける。

「俺様の祈禱なら、銭をいくらでも取れる！　酒でも女でも、買い放題のはずだぜ！」

「まぁまぁ、気を鎮《しず》めなよ、兄ぃ」

才次郎はなんとか宥《なだ》めようとした。八つ当たりをされたらたまらない。

「宗龍さんには深いお考えがあるんだ。この策が上手く運べば、兄ィは一生、美《う》味《ま》い酒を飲んで、好《い》い女を抱いて暮らせるんだからよ」

「うるせえッ！」

金剛坊が座ったまま、ドンッと地べたを踏み鳴らした。

「木偶《でく》人形みてぇに操られてるのが気に入らねぇって、言ってるんだ！」

悪党という手合いは、たいがい短気で、辛抱ができない。そういう気質だから悪党にしかなれなかったのだ。

「見ていやがれ宗龍の野郎め！」

才次郎は心配になってきた。天満屋の元締からは金剛坊の見張りを命じられている。金剛坊に勝手な真似をされたりしたら、才次郎の咎《とが》になってしまう。

「見ていやがれって？　なにをしようと企《たくら》んでるんだい、兄ぃ」

恐る恐る訊《たず》ねると、金剛坊は酒で濡れた唇を拳で拭いながら答えた。

「宗龍はこの俺様に向かって、『一人でできるものならやってみろ』などと抜かしやがった！　クソッ、半人前扱いしやがって！」

才次郎は（それはもっともな物言いだ）と思った。この偽山伏が、ありもしない験力を発揮できるのは、宗龍が策を練り、天満屋の手下たちが手助けしているからこそなのだ。

ところが金剛坊だけは、そう思っていないらしい。信者たちから褒《ほ》めそやされ、尊敬の眼差しを向けられて、自分というものを見失っているのだろう。

「俺一人でやってやろうじゃねぇか！」

才次郎は眉根を寄せた。

「いってぇ何をやらかす気だい」

金剛坊は憤然と鼻を鳴らした。

「千里眼の験力を見せつけてやるのよ！」

「どうやって」

「宗龍の手口はわかってる。ヤツにできて、俺にできねぇってこたぁねぇ。盛り場でガキを攫っておいてから、験力で見つけたふりをすればいいんだ」

才次郎は呆れた。

（それじゃあ猿真似じゃねぇか）

宗龍が金剛坊に向けて言い放った「やれるものならやってみろ」という物言いを完全に履き違えている。宗龍は「同じことをやってみろ」と言ったのではない。

（そんなこたぁ、餓鬼《がき》だってわかるだろうによ）

金剛坊という男、図体こそ大きいが、智慧の巡りは子供にも劣るのかも知れなかった。

金剛坊は、五歳の子供のように癇癪《かんしやく》を起こしている。まともに相手をしないほうがいいだろう、と、才次郎は判断した。

「そいつは結構なご思案だと思いやすがね、兄ぃ。明日は大事な日だ。相模守サマを誑《たぶら》かしてやらなくちゃならねぇ。そいつが今度の仕掛けの眼目だ」

「貴様まで邪魔立てをする気か！」

今にも殴り掛かってきそうな金剛坊を、才次郎は両手で押しとどめた。

「そうじゃねぇんで。まぁ聞いておくんなせぇ。宗龍がどんだけ偉そうなことを抜かしやがったとしても、今回の仕掛けの主役は兄ぃだ。そうだろ？　相模守を丸め込んでいるのは兄ぃだぜ？　兄ぃがいなくちゃあ、宗龍も、俺たちも、何もできやしねぇ……ということを言いたかったんでさぁ」

五歳児並に単純な金剛坊は、機嫌を直した。

「フン。結局は俺の働きが頼りではないか」

「仰《おつしや》るとおりだ。天満屋の元締も一番の頼りとしているのは金剛坊の兄いですぜ。宗龍なんかじゃねぇのよ。だからよ、機嫌を直して、明日に備えておくんなせぇよ」

「天満屋の元締は、事が成就した暁には、確かに大枚《たいまい》の礼金を弾んでくれるのだろうな？」

「ウチの元締は、約束したことは、必ず守りやすぜ」

金剛坊は瓶子に残っていた酒を一気に飲んだ。

「ならば、礼金の夢でも見ながら寝るとするか」

言うやいなや、大の字になって、すぐに高鼾《たかいびき》をかき始めた。

才次郎は溜息を漏らした。

「まったく、世話の焼ける悪党だぜ」

五

本材木町は、その名のとおり、江戸の開府当初に木場が広がっていた町である。場所は江戸の中心にあって、楓川《もみじがわ》という掘割を挟んだ向う側には八丁堀（と通称された地域）があった。

徳川家康が江戸の町を造る際に、大量に必要となった木材をこの町で商わせていた。材木商が軒を並べていたので材木町と呼ばれた。

ところが三代将軍家光《いえみつ》の御世に、明暦《めいれき》の大火と呼ばれる大火事があって（一六五七年）材木町は丸焼けになった。しかも大量に蓄積されていた木材に火がついて、被害の拡大をもたらした。

時の幕府は、この災害に鑑《かんが》みて、木場を江戸の中心から離し、大川の対岸に移させた。こうして材木町は、本材木町と呼ばれるようになった。

この再開発計画の時であっただろうか、紅葉川《もみじがわ》と呼ばれていた掘割が埋め立てられた。もみじ川は消えてなくなってしまったわけだが、その結果、なにゆえか楓川《かえでがわ》と呼ばれていた掘割が、もみじ川と呼ばれるようになった。字はそのままで訓《よ》みだけ〝もみじ〟にされたのだから不思議である。

さらに余談だが、江戸城内には紅葉山という丘陵があって、歴代の将軍の御霊屋《おたまや》が置かれていた。紅葉川は、この紅葉山から流れる川であったという。

江戸城のある小山自体が、城のできる以前には紅葉山と呼ばれていたという説もあって、生粋《きっすい》の江戸者にとって〝もみじ〟という名称は、よほど重要なものであったようである。

松平相模守を乗せた権門駕籠《かご》が本材木町に入ってきた。木場はなくなってしまったが、材木商が今でも店を並べている。駕籠は大和屋の門前につけられた。大和屋の主、光左衛門と、番頭、手代たちが、道に出てきて迎える。せっかくのお忍びであるのに、これではなんの意味もなさそうだ。道行く町人たちが、興味津々、目を向けてきた。

駕籠が開いて山岡頭巾《ずきん》の相模守が出てきた。人目を嫌って、ろくろく挨拶《あいさつ》も受けず、店の中に入った。

供の者たちは一部の近臣を除いて外で待つ。人の数は減らしているが、挟箱《はさみばこ》を担いだ中間《ちゅうげん》や、合羽《かっぱ》入れを持った小者などが折り敷いた。これもまた、多くの人目を引くこととなった。

「こちらでございます、御前様」

光左衛門の案内で、相模守は表座敷に入った。

八畳間が二間続きとなって、十六畳の広さとなっている。下の座敷には羽織袴を着けた町人たちが居並んで、深々と低頭していた。

相模守は一番の上座に、床ノ間を背にして座った。

「一同、くるしゅうない。面《おもて》を上げぃ」

命じると、町人たちが一斉《いっせい》に顔を上げた。

皆々、この近在ではそれと知られた豪商揃いだ。大和屋光左衛門も含めた総勢十六名。彼らが商売で動かす金額を合わせれば、優に大名家の公金をも上まわるに違いない。

これだけの商人を集めることができたのだから、喜ぶべきことなのだが、相模守の表情は優《すぐ》れない。これでもまだ、三国屋の財力には敵《かな》わぬことを知っていたからだ。

相模守は不快さを隠しもせずに一同を見渡した。それを受けて、大和屋光左衛門が恭《うやうや》しげに挨拶の口上を述べ始めた。

「御前様におかれましては、ご機嫌も麗しく――」

「麗しくなどない！」

挨拶を一方的に打ち切って、不貞腐《ふてくさ》れた様子で余所《よそ》を向いた。まるで五歳のわがまま小僧のようだ。

しかし政商というものは、殿様の御機嫌が斜めぐらいのことでは、いちいちたじろいだりしない。ふてぶてしい作り笑顔で問い返した。

「いかがなさいましたか。手前どもに不調法《ぶちょうほう》でも……」

「そうではない」

相模守は憤然として、向き直った。

「わしが悩んでおるのは、本多出雲守のことじゃ。かの者には、当代一流の蘭方医――の弟子が、治療に当たっていたらしい」

光左衛門が驚いた。

「いったい、その報せは、いずこから」

「我が手の者が、出雲守の屋敷に仕える小者より訊きだしたのだ」

金で誘われて口が軽くなる者はどこにでもいる。おそらく相模守の屋敷にも、出雲守の手が伸びているはずだ。卑劣な手段はお互いさまであった。

「出雲守が密かに雇った医師だという。よほどの名医に相違あるまい」

光左衛門の表情も曇った。

「では、出雲守様の御容態は……」

「わしもそれが気になって、我が屋敷に仕える医師に質してみた。問われるがままに、老中用部屋での出雲守の様子などを、語って聞かせたのじゃ」

「して、御殿医様のお見立ては？」

大和屋光左衛門が質し、商人たちが一斉に身を乗り出した。この場の商人たちはすべて、松平相模守に我が身の命運を託している。出雲守の病状は、自分たちの家運に関わるのだ。

相模守は首を横に振ってから、答えた。

「快方に向かっておるのは顕《あきら》か……などと申しおったわ！」

なるほど、それがゆえの不機嫌であったか、と、光左衛門は思った。

政商たちは一斉に落胆の色を見せた。

しかしである。この日の大和屋光左衛門には一つの秘策があった。それがあるがゆえに、皆と一緒に肩を落としたりはしなかった。

「御前様！」

一人だけ明るい顔つきで、光左衛門は言上した。

「ご案じなされるには及びませぬぞ！」

「なんじゃと？」

相模守はますます不快げな目を向けた。こちらが意気消沈している時に明るい顔をされたら、馬鹿にされているような心地《ここち》となる。

それでも大和屋は明るい笑顔で言った。

「たとえ出雲守様がご本復なされましょうとも、御前様には昌運の気がついておりまする。ご開運、間違いなしにございまする！」

相模守は鼻を鳴らした。

「正月の門付け芸人のごとき物言いをされて、喜ぶわしじゃと思うたか」

「恐れながら、口先のみで申し上げているのではございませぬ」

「では、出雲守を退けて、このわしを筆頭老中に出頭させる策があると申すか」

大和屋は、得たり、と頷いた。

「ございまする」

大和屋は、手のひらを廊下に向けた。

「まずは金剛坊様のお言葉をお聞き届けくださいますよう」

とろける笑顔でそう言った。何かに取り憑かれているようにも見えた。

「あの山伏か」

相模守も金剛坊の験力は目《ま》の当たりにしている。今の相模守は〝溺れる者は藁をも摑む〃の心境だ。

「目通りを許す。これへ」

命じられた金剛坊が、例によって熊のような行歩《ぎょうぶ》で、ノッシノッシと入ってきた。実に尊大な態度だ。座敷に入る時に頭を下げたのは、一同に対して一礼を寄越したのではなく、単に鴨居に頭をぶつけないようにしたために見えた。

金剛坊は相模守の正面に正座して、深々と平伏した。

「お呼びによって参上仕《つかまつ》りました。金剛坊にござる」

相模守は「うむ」と頷いた。

「なんぞ、わしに申したきことがあるようだな」

金剛坊は、「ハハッ」と答えて平伏し、それから熊の吠えるような大音声《だいおんじょう》で答えた。

「火行の気が、盛りを見せておりまする！」

「また、その物言いか」

相模守は期待していただけに落胆した。

「今度は本材木町が火事になると申すか」

「否！」

金剛坊は顔を上げると、身分を弁《わきま》えず、相模守を睨みつけた。

「此度《こたび》の火事は、先日の如き小難に収まりそうにはございませぬぞ！」

これが気合というものか、相模守は無礼な態度や口調を咎めるどころか、気圧されたような顔をした。

「では、大火になると申すか」

金剛坊は大きな顎《あご》をグイッと引いて頷いた。

「此度の火行は、江戸の町々のすべてを覆ってござる！　畢竟《ひっきょう》、江戸中が丸焼けとなりましょうぞ！」

相模守は慌てた。

「そのほう！　自分が何を申しておるのか、わかっておるのか！　江戸が火の海になるなどと、仮初《かりそ》めにも口にいたすことではないッ」

江戸は徳川家の城下町でもある。徳川家を呪うに等しい物言いだ。

相模守と金剛坊の間に、大和屋光左衛門が割って入った。

「御前様！　金剛坊様の験力は、真のものにございまする！　金剛坊様が大火になると仰《おお》せなのです。きっと大火となりましょう！」

政商たちが一斉に、深刻な顔つきで頷いた。皆々、取り憑かれたような眼差しを相模守に向けていた。

相模守としても、金剛坊が実際に火事を言い当てた場に居合わせていただけに、「そんな馬鹿な」と否定もできない。

「ならばなんとする。上様に言上しろとでも申すか。それとも評定所にかけて、他の老中や三奉行たちに諮《はか》れと申すか。……それはいかんぞ。わしの正気が疑われる」

大和屋光左衛門は真面目な顔で答えた。

「いかにも、大火にお備えなさるのが上策かと愚考仕りまする」

相模守はしかめツラで首を傾げた。

「わしとて、金剛坊の験力を認めぬではないが、なれど、いかにして備えよと申すのじゃ。火消の人数を増やすわけにもゆかぬし、武家屋敷や町人どもに『火を使うな』と命じることもできぬ」

火がなくては煮炊きができない。「飢えて死ね」と命じるに等しい。

大和屋光左衛門は頷いてから答えた。

「人の力では、大火を防ぐことは難しゅうございまする。ならば、逆手《さかて》にとって、大火が起こった後に備える、というのは、いかがにございましょう」

「大火の後に備えるとは？」

「大火で江戸中が丸焼けになった後の話にございまする。まず入り用となりますのが、材木にございましょう」

「いかにも武家屋敷や町人どもの住み処《すか》を建て直すことが急務となろう」

「されば、材木を集めておくのが上策にございまする」

「なるほど、次善の策か」

相模守は身分相応に頭の切れる男だ。大和屋の真意をすぐに覚《さと》った。大火を防ぐことができないのであれば、次の事態に備えておく。悪くはない、と思った。

「諸国より材木を集めるぐらいのことであれば、何事かの口実を設けて、できぬでもない。幸い、ここには名だたる材木商が顔を揃えておる。そのほうどもが力を合わせればよかろう」

何気ない顔つきで答えた相模守に、大和屋光左衛門が、そしてその場のすべての商人たちがズイッと膝を滑らせてきた。

「な、なんじゃ……、そのほうども……」

「御前様」

光左衛門が代表して言上した。

「これこそ千載一遇の好機……。そうは思われませぬか」

真剣を通り越し、鬼気迫る形相である。

「何を申したいのじゃ」

思わずたじろぐ相模守に、光左衛門がさらに迫った。

「本多出雲守様と、三国屋の財力を凌《しの》ぐ好機にございまする！」

「何を申しておるのだ！　わかるように申せ！」

大和屋光左衛門は、居住まいを改めた。

「三国屋の財源は米。大火の後にはお上のご慈悲で炊き出しがございまする。年貢米を納めた御蔵が開かれて、米は只《ただ》同然の安値で放出されまする。三国屋は大損を被《こうむ》りましょう」

「いかにも、左様であろうな」

「逆に我ら材木商は、この期に大儲《おおもう》けをいたしまする。人の不幸で儲けることには心が痛まぬでもないのですが、これが我らの稼業でござれば、致し方もございませぬ」

「いかにも、材木を只で供出せよとは命じられぬ」

そんなことをしたら材木商と、木場で働く職人たち全員が路頭に迷う。江戸の経済が崩壊しかねない。

大和屋光左衛門と政商たちは狡賢《ずるがしこ》かった。

「御前様、この機に材木を買い占めるのです」

相模守は訝《いぶか》しそうに眉根を寄せた。

「なぜじゃ」

「大火の後で柱の値は高騰いたしましょう。値が上がるとわかっておる品に、投げ銭（投資）をしない手はございませぬぞ！」

自分が柱を使うわけでもないのに、柱を買って材木商に預けておく。そういう投機が行われていた。

しかし、柱は買い手がつかないと、長い間木場で野ざらしとなってしまうので値が下がる。なかなかに扱いの難しい商品で、迂闊に大金を投ずると破産をさせられることになる。

しかし、大火になるとわかっているのなら、損を被《こうむ》る心配はない。

相模守は身震いをした。

（材木を買い占めておった者は、一夜にして巨万の富を手に入れることができよう！）

三国屋の財力をも、一時《いっとき》、凌駕《りょうが》するはずだ。

（その機を逃さず、出雲守を出し抜くことができれば……）

筆頭老中も夢ではない。

大和屋光左衛門は、相模守の顔色をじっと見守っている。相模守が何を考えているのか、すべてを見通している顔つきだ。

「柱の買い占めは、我らが力をお貸しいたしまする。御前様は、お上を動かし、諸国の材木を江戸にお集めくださいまし」

相模守は大きく頷いた。

「うむ！　その材木をわしが買う！　わしが家の勘定方に命じて金子《きんす》を用意させよう。その金で柱を買い占めるのじゃ！」

「お上が諸国の柱を大量にお集めなさいますれば、一時、柱の値は下がりましょう。その機を逃さず御前様御自《おんみずか》らが買い占めて、大火の後に備えまする」

「良きに計《はか》らえ！」

相模守は大音声で命じた。

意気込む老中と政商たちを、金剛坊はつまらなそうに見つめている。皆に忘れ去られているが、いまだこの場に座していたのだ。

（殿サマと商人どもが大儲けしても、この金剛坊サマの懐には、一文《いちもん》も入って来やしねぇ）

相模守を筆頭老中にしてやっても、政商たちを大儲けさせてやっても、自分にはなんの見返りもないのだ。

（そんな馬鹿な話があるかよ）

やはり自分で銭を稼ぐしかない。やれるものならやってみろ、と言われたのだ。やってやろうではないか、と、金剛坊は思った。

第四章　千里眼の謎

一

荒海一家で代貸《だいがし》を務める寅三《とらぞう》は、中山道《なかせんどう》を江戸に向かって歩いていた。

賭場《とば》を仕切る博徒の親分を貸元と呼ぶ。博打を打つ際、客たちは一時的に借金をして駒を借りる形態を取るからだ。

そして、実際に賭場を仕切っている者のことは代貸と呼んだ。貸元代理の意味である。代貸は、一家の中の一ノ子分の別称でもあった。

寅三は上州に縄張りを持つ任俠一家の親分の許《もと》に、使いに出された帰りであった。その親分は三右衛門と義兄弟の契《ちぎ》りを交わした大物である。他の者を使いにやっては礼を欠く、ということで、寅三が足を運んだのであった。

中山道の倉賀野《くらがの》宿《しゆく》に達したところで夕刻となった。寅三はここで宿を取ることにした。

寅三の表向きの身分は口入れ屋の番頭である。江戸に人別がちゃんとあるので旅籠《はたご》に泊まることができた。

無宿人を旅籠に泊めることは許されていないので、人別を持たない博徒たちは、宿場を仕切る親分に仁義を切って、一宿一飯の恩義に与《あずか》らなければならない。これがなかなかに面倒なのだ。義理に縛られ、他人の喧嘩に加勢しなければならないこともあった。

その点で寅三はずいぶんと恵まれている。

（それにだ、今のオイラは八巻の旦那の手下でもあるわけだしな）

南町奉行所の同心、八巻卯之吉は、隠密廻《おんみつまわり》同心を拝命していた。手下が関八州を駆け回っていても不思議ではない。

（なんなら、代官所に泊めてもらうことだって、できるってわけだ）

寅三はほくそ笑んだ。

その人相が不穏だったのか、

「ちょいと待ちな」

宿場の入り口の木戸を見張っていた男が、房《ふさ》のない十手《じって》をチラつかせながら立ちはだかった。

「オイラは八州様の道案内だ。やい、手前《てめ》ぇ。道中手形は持っていやがるのか」

八州廻、正式には関八州取締出役《しゅつやく》は、徳川家の公領を巡検する役人である。宿場や農村ごとに〝道案内〟と呼ばれる手下を配置していた。

道案内は八州廻の権威を笠に着て威張り散らしている。ちょっとでも怪しく見える者たちを、容赦なく吟味していた。

寅三は、自分の顔が悪人ヅラであることを知っていたので、立腹もしなかった。代わりに卯之吉から預かった手札をチラつかせた。

（そっちが八州廻の十手なら、こっちは南町の同心様の手札だぜ）

手札とは名刺のことで、同心の手下として働く者たちは、同心から預かった手札を身分の証明に使っていた。

道案内の顔つきが変わった。

「おっと、こいつぁ失敬しやしたぜ。お江戸のお役人様のお使いでしたかい」

素直に道を譲って通してくれた。歩き去る寅三の背中に向かって、

「親分さん、道中、お気をつけなすって」

などと声まで掛けてきた。

(フン、オイラもずいぶんと偉くなったもんだぜ)

寅三は得意気に鼻を鳴らした。

生まれついての悪餓鬼《わるがき》で、悪行三昧《ざんまい》に生きてきた寅三だったが、八巻同心の手下になってからというもの、これまでには経験したことのない、生き甲斐を感じるようになった。

(人様の役に立つ、ってのも、まんざら悪くねぇ)

などと思いながら、どこの旅籠に泊まろうか、客引きの飯盛女の器量など確かめつつ物色していたところ、

「ムッ……」

道の向こうから、見覚えのある顔が歩いてくるのに気づいて、サッと脇道に身を隠した。

(あいつぁ、人買いの次郎兵衛《じろべえ》だ)

眉毛の下がった、一見、愛嬌のある顔つきの、四十歳ばかりの中年男だ。実直そうな行商人を装っている。

(あのツラつきに騙されて、泣かされた娘っ子は数え切れねぇ)

本性は冷酷非道な女衒《ぜげん》であり、時にはかどわかしにも手を染めるという大悪党であった。

寅三は鋭い眼光で次郎兵衛を睨《にら》みつける。

寅三も賭場の代貸で、人様に対して威張れた身分ではない。自分もまた悪党だという自覚はあった。悪党の世界には悪党の仁義があって、他人のシノギ（金を稼ぐ手段）を邪魔しない、というのもそれなのだが、しかし、悪党の世界にも、悪党仲間から毛嫌いされるシノギ、というものがあった。

かどわかしはその典型だ。

悪党たちは悲惨な生い立ちをしている者が多い。自分自身、親に売られた、あるいはかどわかされた、という者も多かった。

だから人買いは嫌われ、憎まれる。

（次郎兵衛め、なにを企《たくら》んでいやがる。もしもかどわかしなら、只《ただ》じゃおかねぇぞ）

先程の道案内と手を組んで懲《こ》らしめてやらねばなるまい。

次郎兵衛は、宿場を行ったり来たりしていたが、やがて、一軒の店の前で足を止めた。

（あそこは、雷神《らいじん》ノ七五郎《しちごろう》一家の賭場だ）

表向きには、人足の問屋《といや》ということになっているが、俠客一家の根城であることに間違いない。

次郎兵衛は暖簾《のれん》をくぐって、店の中に入っていった。

（野郎、今夜は雷神一家に宿借りする気か）

土間で仁義を切っているはずだ。しばらく待っても追い出される様子もない。無事に、宿を借りることができたようだ。

寅三は思案した。

いくら憎いといえども、人買いは世間から認められた（当時としては）稼業だ。雷神一家に宿借りした者を咎《とが》めることはできない。雷神一家の顔に泥を塗ることになる。場合によっては、荒海一家との流血騒動に発展しかねない。

（だがよ、どうにも放っておけねぇ気がするぜ）

八巻同心の手下を務めるようになってからというもの、妙に勘が働くようになっている。寅三は、頃合いを見計らって、雷神一家の暖簾の前に立った。

「雷神ノ七五郎親分衆はこちらでござんすか」

すぐさま、一家の若い者が対応に出てきた。

「御意《ぎょい》にござんす」

「雷神ノ七五郎親分衆はこちらでござんすか」

「御意にござんす」

この遣《や》り取りを三回繰り返してから、「御免なすって」と必ず左足から、敷居を跨《また》いだ。

若い者が濯《すす》ぎの小桶を運んできた。ここで寅三は足を洗った。挨拶《あいさつ》の前に身ぎれいにするのが仁義だからだ。

ここから「手前生国《しょうごく》と発しまするは」に辿《たど》り着くまでが長い。

「客人、お近くへ寄りなさい」

「ご遠慮申し上げます」

といった意味の遣り取りを、独特の口調で続ける。

侠客の挨拶は煩雑《はんざつ》だ。一種の符牒《ふちょう》（合い言葉）だからである。確かに自分が博徒であることを証明するために、長ったらしい挨拶を交わすのだ。

延々と繰り返された挨拶の後で、確かに寅三がその筋の者だと認められて、奥から一家の親分、人呼んで雷神ノ七五郎が現われた。六十に近い白髪頭の老侠客だが、顔の血色は良く、肌も艶《つや》やかだった。

「荒海一家の寅三さんかい」

寅三は「へい」と答えた。七五郎は大きく頷《うなず》いた。

「名前は耳にしてるぜ。三右衛門は元気でやってるかい」

「へい。お陰さんで」

「野郎のことだ。今でも喧嘩出入りに明け暮れていやがるんだろう。まぁいい、お入り。三右衛門にはちょっとばかりの義理もある。うちの飯を食っていくがいいぜ」

「ありがとうさんでござんす」

こうして寅三は一家の床に上がることを許された。

三右衛門の顔が利いたのだろう。上等な座敷を与えられた。寅三は濡《ぬ》れ縁《えん》に通じる障子を閉ざして、家の中の物音に耳を澄ませた。

(次郎兵衛め、どこに入った)

話し声が聞こえてこないかと耳を澄ませる。すると、声はしなかったが、足音が近づいてくるのは聞こえた。

「お客人さん、開けてもいいかね」

若い女が声を掛けてきた。

「かまわねぇぜ」

障子が開けられて、十六、七ぐらいの娘が、湯呑茶碗をのせた盆を手にして入ってきた。

侠客の一家だからといって男手ばかりとは限らない。ヤクザ者の母親や姉妹などが使用人として雇われることは珍しくもない。

「入ったなら、どうぞ閉めておくんなせぇ」

次郎兵衛が通り掛かって、目が合ったりしたら困る。侠客は人目を憚《はばか》るのが当然なので、娘は言われたとおりに障子を閉めた。

「粗茶でござんす」

やはり男所帯で育ったからか、無粋な物言いで湯呑茶碗を勧めてきた。

「すまねぇな」

寅三は茶碗を手にした。

「少ねぇが、取っておきなよ」

波銭（四文銭）を三枚、しめて十二文を娘の手に握らせた。

「ちょっとした駄賃だ」

「ありがとう」

「かまいやしねぇ」

「江戸の兄さんは気前がいいね」

娘は銭を袂《たもと》に入れた。

（八巻の旦那ほどじゃねぇけどな）と、寅三は思った。

どこから小判が湧いてくるのかは知らないが、八巻同心は驚くほどの大金を褒《ほう》美《び》として荒海一家に渡してくれる。

それはさておき、探索だ。

「ちょっとの間、茶飲み話につきあっちゃあくれねぇか」

駄賃が利いたのか、娘はコクンと頷いた。

「それじゃあさっそく訊《たず》ねるが、俺が来る前、別の客人が、この家に入ったように見えたんだが……」

するとは娘は露骨に嫌そうな顔をした。寅三は、

（次郎兵衛はここでも良く思われていねぇらしい）

と感じた。上手《うま》い具合に話を進めていくことができそうだ。

「そいつは、人買いじゃなかったかい」

娘はコクンと頷いた。

「そうよ。人買いの次郎兵衛さん」

寅三はわざとらしく顔をしかめた。

「やっぱりそうか。オイラは人買いってヤツが大嫌いだ。昔、酷《ひで》ぇ目に遭わされたからな」

娘は興味をそそられたらしい。

「何をされたの？」

「餓鬼の時分の話さ。オイラは人買いに売られたんだ」

適当に作り話を交えて小芝居《こしばい》を始める。本当は売られたわけではないのだけれど、まずまず似たような、不幸な生い立ちだ。若い娘の気を惹きそうな不幸話を聞かせてやった。

「まぁ、可哀相《かわいそう》」

寅三は強面《こわもて》のヤクザ者だが、しんみりと語る姿に、娘は同情を寄せた様子であった。

寅三は小芝居を続ける。

「あの人買い野郎が何を企んでいやがるのか、どうにかして知ることたぁできねぇかな。あくどいことをしようつもりなら、とっちめてやりてぇんだ」

　すると娘は目を輝かせた。

「あたいが調べてこようか」

「えっ、どうやって」

「今から行って、なにを喋《しゃべ》っているのか確かめてくる」

　娘は腰を上げた。

「おいおい、立ち聞きかよ」

「大丈夫。おとっつぁんは、あたいには甘いから」

　娘は悪戯《いたずら》っぽく舌を出して、座敷を出て行った。

「……親分さんの、娘さんだったのかい」

　それなら駄賃が少なすぎたかな、と、寅三は思った。

　娘は間もなく戻ってきた。得意気な顔つきで正座した。

「聞いてきたよ。あの人買い、おちかちゃんが今、どうしてるかって、知りたがってたよ」

「おちかちゃん？　誰でぇ、そいつは」

「ここの宿場で飯盛女をやってる娘さ」

寅三は首を捻《ひね》った。

「話が読めねぇな。なんだって人買いが、飯盛女のことなんかを知りたがるんだい」

「五年前、あの男がこの宿場に連れてきて、売ったんだってさ」

「女衒野郎が、手前ぇで売った女郎の無事を気にかけてるってのかい。そんな仏心なんかあるわけがねぇ。いってぇどういう魂胆《こんたん》だ」

「おちかちゃんの親が、金を出して、探してるんじゃないのかい」

「おう。きっとそれだ」

寅三は感心した。

「お前ぇさん、親分さんの娘だけあって賢いぜ」

娘は「まぁね」と答えた。そして言った。

「それじゃあ、おちかちゃんも足抜けかな。親のお足で買い戻されてさ」

「そうかもわからねぇな」

それならそれで、一人の娘が不幸の底から救い出される、という話だ。

「どうやら、悪い話じゃねぇみてぇだ。人買いの次郎兵衛をとっちめるのはナシにしよう」

寅三がそう言うと、娘は、

「なぁんだ、つまらない。久しぶりに血の雨が降ると思ったのに」

と、落胆しきった顔つきでそう言った。


次の日の早朝、まだ日の昇らぬ黎明《れいめい》の中を次郎兵衛は旅立って行った。寅三は一足早くに外に出て、物陰に身を潜《ひそ》めながら見守った。

「……野郎め、江戸に向かって歩いて行くようだな」

江戸のほうからやってきて、江戸に戻っていく。おちかという娘の安否を確かめることが、旅の目的だったようだ。

「なんだか、気になるぜ」

胸騒ぎが止まない。寅三の勘働きが、治郎兵衛から目を離してはならないと告げていた。

二

両国橋の橋詰は、火除《ひよ》け地と呼ばれる広場になっている。火事の際に延焼しないよう、道幅を大きく取ってあるわけだが、平時には見世物小屋や露天商などが軒を並べて、賑《にぎ》やかな盛り場を形成していた。

卯之吉は、春の陽気に誘われるようにして、両国橋の西の橋詰にやってきた。黒羽織の同心姿だというのに、歩きながら大きなあくびを漏らしている。

「ああ眠い」

昨夜も、というか今朝までというか、吉原で飲み明かしていたのだ。二日酔いのうえに寝不足で出仕をしたので眠くてたまらない。

卯之吉は勝手知ったる足どりで大番屋に向かうと、障子戸を開けて中に入った。

「あっ、これは、八巻の旦那」

大番屋を差配している〝親方〟が、慌てて挨拶を寄越してきた。四十代後半の、貫禄のある男だ。

卯之吉は寝ぼけた顔で「お早う」と挨拶すると、ヌルヌルとした身のこなしで板ノ間に上がり込んだ。火鉢の横に陣取ると、早くも居眠りの体勢に入った。

（まるで猫でげす）

お供の銀八は呆れたけれども、口には出さずに黙っていた。

卯之吉は、居眠りをするために南町奉行所を出てきたのだ。同心詰所で居眠りをしていると、村田鉄三郎《むらたてつさぶろう》をはじめ、上役たちのお叱りをくらう。だからわざわざ外に出て居眠りしようというのである。世間の噂とは正反対に、南町奉行所における卯之吉の評判は最悪だ。いてもいなくても同じなので、見廻りを口実に出歩いていても、誰からも文句は言われなかった。

卯之吉は勝手に火箸を手にすると、炭をかき回し始めた。

「炭が足りないねぇ。これっぽっちの炭火じゃ、寒くってかなわないよ」

この物言いには、親方が呆れた。

「何を仰《おつしや》ってるんですかい。春の陽気もいいところでさぁ。外のほうがあったかいですぜ」

大番屋は広い。奥には牢屋もある。日が差し込まないので、この季節は戸外よりも寒いのだ。

卯之吉は首を横に振った。

「外には人目があるよ。この格好で居眠りするわけにはいかないだろう」

（あたしにだってそれぐらいの常識はある）みたいな顔つきでそう言った。銀八は、「あちゃー」と言って、額をピシャリと平手で叩いた。

卯之吉はそれが当たり前だ、みたいな顔をすると、

「炭を買ってきておくれな」

と、親方に頼んだ。財布をまさぐりだしたので、銀八は慌てて自分の巾着《きんちゃく》を開いた。

「この銭で買ってきておくんなさいでげす」

卯之吉に任せておくと小判《かし》など手渡しかねない。

親方は銭を握ると、首を傾げながら出て行った。わけのわからない言いつけだと思っただろうが、同心に逆らうことはしなかった。

火鉢の前で目を閉じて、背中を丸めた卯之吉に、銀八がそっとすり寄った。

「若旦那、まずいでげすよ。荒海の親分さんたちもお調べのために走り回っているというのに」

卯之吉は眠そうな顔を銀八に向けた。目は閉じたままだ。

「なにがまずいんだい？」

「だって、何かを報《しら》せに来た時にですね、若旦那の居場所がわからないんじゃ困るでしょうに」

卯之吉はムニャムニャと寝言を言ってから、続けた。

「それならお前が報せて来ておくれな。あたしは両国橋の大番屋にいるから、って」

銀八はいよいよ呆れ返った。卯之吉はほとんど眠りに就いたような顔をして、

「あたしはどこにも行かないから、心配することはないんだよ」

と言った。

「それだけは、心配していないでげす」

仕方なく銀八は番屋を出た。事が事なので、町飛脚《まちびきやく》に手紙を託すこともできない。銀八は自分の足で赤坂新町《あかさかしんまち》まで走った。

一刻（二時間）が過ぎても、足の遅い銀八は戻って来ない。赤坂新町まで走ったにしても、時間がかかりすぎである。

卯之吉も目を覚まさない。大番屋の親方は、卯之吉の本性を知らないので、（これは病に違いない）と判断し、医者を呼びに行こうか、などと考えた。

その時、突然に卯之吉が身体を起こして、目をパッチリと見開いた。

「なんの騒ぎだろう」

障子戸のほうに顔を向けている。

親方は卯之吉の急な反応に驚いた。

「なんの、って、なにがですかい」

卯之吉は、今まで眠っていたとは思えぬ声で答えた。

「外が騒がしいよ」

確かに表は騒がしい。盛り場なのだから当然だ。

「この辺りは、いつでも、こんな調子ですがね」

「いや、違うよ」

卯之吉は立ち上がると、三和土《たたき》の雪駄《せった》に足指をつっかけた。障子戸を開けて外に出る。

「あっちだ」

脇目もふらずに走り出した。

「あっ、旦那！　あっしも参《め》ぇりやす」

親方は急いで後を追う。すると確かに、火除け地の向こうで何事か、騒ぐ気配が伝わってきた。

親方は感心した。

（さすがは八巻の旦那だ！　どんなにお身体の具合が悪くっても、騒ぎを聞きつけなさるっていうと、真っ先に駆けつけてお行きなさる！）

卯之吉がただの野次馬根性を発揮しているだけだとは、夢にも思わない。

卯之吉は走りながら黒羽織を脱いだ。表裏をひっくり返すと、裏地は高価な絹《けん》布《ぷ》だ。同心の羽織の裏地にはとても見えない。

野次馬として乗り込むのだから、同心の姿ではまずいと判断したから脱いだのだけれど、そうとは思わぬ親方は（何かのご思案があってのことなのだろう）と考えた。

こんな時だけ卯之吉は真剣に走る。いよいよ騒がしい声が明瞭に聞こえるようになってきた。騒動の中心で騒ぎ立てているのは女のようだ。周りでは野次馬たちが人だかりを作っていた。

親方は、「町方の旦那のお出ましだ」と怒鳴りつけて、道を空けさせようとしたのだけれど、卯之吉が羽織を脱いだことを思い出し、ここは黙っていることにした。卯之吉は人垣のいちばん後ろになって、前を覗こうとして、ピョンピョンと飛び跳ねている。卯之吉の前に子守女が立っていた。背中の子供に当たって怪我をさせはしないかと、親方は心配になった。

「おりきが、おりきがいないのです！　おりきーッ！」

人だかりの真ん中で、女が金切り声を張り上げている。

「ああ、迷子か」と、親方は呟《つぶや》いた。この盛り場では珍しいことではない。毎日何人も迷子が出る。

「旦那、ここはあっしにお任せいただいてよろしいですかえ？」

卯之吉に小声で訊ねると、卯之吉は、

「うん。そうしておくれな」

と、小声で答えた。

八巻同心が野次馬に混じって密かに検分をする様子なので、親方は人垣を割って、前に出た。

「番屋の者《モン》だ。そこを通しな」

親方は泣き叫ぶ女に歩み寄った。

「子供がいなくなっちまったのかい」

女は二十代半ばほどの顔つきだ。この女の子どもであるなら、まだ幼子であろう。女の身形《みなり》は良い。表店《おもてだな》の内儀か、腕利きで良く稼ぐ職人の女房といった風情である。

「おりきが！　見当たらないんです！　今までそこにいたのに！」

女は親方に両手でしがみつこうとした。こういう場面に慣れている親方は、その腕をこちらから摑《つか》んで押し戻した。摑まれて、爪など立てられたら痛くてかなわないからだ。

「いなくなった娘の名はおりきってのかい。歳はいくつだ」

「六つです！」

誕生月を確かめると八月だという。生まれてから四年と八カ月だ。

「自分の足で遠くに行ける歳じゃねぇ。だけど、手前《め》ぇの足でそこそこ歩ける歳だ」

着ている着物の色を訊ねた。桔《き》梗《きよう》色の着物を来て、頭には簪《かんざし》を挿《さ》していた、と若い母親は答えた。

「桔梗色か。それなら目にも鮮やかだな」

続いて野次馬たちに向かって大声を張り上げる。

「おいっ、誰か、桔梗色の着物を着た子を見たヤツぁいねぇか！」

野次馬たちは首を傾げた。近くに屋台を置いていた団子屋の親爺が、

「そういやぁ、確かにそんな子を目にしたが……」

と、頼りなさそうに答えた。

他にも、小間物売りや甘酒売りなどが、目にした、あるいは、見た気もする、と答えた。皆、自分の仕事に精一杯で、子供にまで目を向ける余裕はなかった様子であった。

「おいっ、みんなで探せ！　この近くにいるはずだ。屋台の下なんかに潜り込んでいないか確かめてみろ！」

露天商や野次馬たちも、若い母親の哀れな様子を気の毒に思ったのか、熱心に探し回った。

騒ぎを聞きつけ、大番屋の番太郎たちも集まってくる。親方の指図を受けてあちこちに走った。

そして番太郎たちは首を横に振りながら戻ってきた。

「どこにも見当たりやせんぜ」

異口同音《いくどうおん》に報告する。見世物小屋の小屋主にも報せて探させたが、小屋の中にもそれらしい子供はいなかった、とのことであった。

親方は首を傾げた。

「どこへ行っちまったっていうんだ？　母親は見失ってすぐに叫びだしたんだ。いっくら背の小さい女の子だからって、派手な桔梗色の着物を着ていたら、誰かの目には留まったはずだぜ」

「……神隠しじゃあ、ねぇんですかい」

番太郎が言った。それを耳にした母親が、また大声で泣きはじめた。

と、その時であった。

「なんぞお困りかな。拙僧は諸国の霊山を回峰《かいほう》し、験力《げんりき》を鍛え上げた山伏でござる」

朗々と名乗りながら、ノッシノッシと、巨漢の山伏が歩んできた。

金剛坊は大道の真ん中で祈禱《きとう》を始め、見事に娘の居場所を探し当てた。娘は火除け地に面して建った商家の、裏庭で眠っていた。

「山伏め、見事に当てやがった」

半信半疑で駆けつけて、娘を見つけ出したのは親方だ。その時の驚きようといったらない。今でも信じられないほどだ。

母親は娘を抱きしめて、今度は歓喜の涙にくれていた。山伏は、僧籍を置く寺への寄進という名目で祈禱料を求めた。さらに言うには、

「この娘は神隠しに遭いやすい気を持っている。二度とこのようなことがないよ

うに、念入りに加持祈禱をしたほうがよかろう」

と言って、さらに高額の祈禱を勧めた。

母親は、こんな恐怖は二度と御免だと思ったのだろう。山伏の言いなりに、祈禱を頼んでいる。

親方は（なんだかうさん臭《くせ》ぇぜ）と感じた。だが、他人の信心にとやかく口を挟むことはできない。

と、その時であった。親方は袖をツンツンと引かれた。

「親方、親方」

卯之吉が目を向けている。

「あっ、旦那――」

「シッ」

卯之吉は声を出さないように指図して、それから目で、火除け地の彼方《かなた》を示した。

「あそこにいる、紺色の絣《かすり》を着た女を捕まえておくれ」

確かに、そういう格好の若い女が立ち去ろうとしている。

「なんでですかえ」

悪事を働くには細すぎる体つきの、いかにも田舎者染みた女だ。近在の農村から奉公に出てきた者のように思えた。

卯之吉は珍しく、真面目な顔つきで答えた。

「あの女が、かどわかしの下手人だよ」

親方は「えっ」と言って驚いた。しかし噂の辣腕《らつわん》同心だ。その眼に曇りはあるまい。

「合点承知！」

走り出そうとしたところへ慌てて、卯之吉が、

「騒ぎにならないように、こっそりと捕まえておくれ。とくに、山伏さんには気づかれないようにね」

そう注文をつけた。

親方は年季の入った番太郎である。八巻同心の意図を読み取ると、こっそりと若い女を追《つ》けて、言われたとおりに、騒ぎにならないように、女の手首に縄を掛けた。

「あっ、何を——」

抗《あらが》おうとした女に向かって、すかさず、小声で凄《すご》んだ。

「やいっ、女狐！　八巻の旦那が、お前ぇに御用があると仰っていなさる！　神妙にしやがれ！」

八巻の名を出された女は、一瞬にして絶望しきった顔つきで、その場にクタクタと崩れ落ちた。

三

女が親方に引かれてきた時、山伏と母娘はすでに姿を消していた。

卯之吉は大番屋の暗がりの中に座っている。十分に寝足りたのか行儀の良い姿勢で、顔つきもスッキリ、煙管《きせる》を斜めに咥《くわ》えていた。

女は拗《す》ねたような顔つきで卯之吉を睨んだ。親方は女に掛けた縄を手荒に引っ張って、三和土の上に正座させようとした。

「やいっ、八巻の旦那の御前《おんまえ》だ！　礼儀正しくしやがれ！」

卯之吉はニコニコと微笑《ほほえ》んだ。

「まぁ、お楽になさってください。ああ、番太郎さん、お茶を差し上げて」

若い番太郎に指図する。番屋の中の一同は、女も含めて、呆気《あっけ》にとられた顔をした。

そこへ、パーンと勢い良く障子戸が開けられて、荒海ノ三右衛門が飛び込んできた。

「旦那、こちらでしたかい！　銀八の報せを受けて、一ノ子分の三右衛門がやって参《め》ぇりやした！」

卯之吉は煙管を手にして、ニヤニヤと笑った。

「一足遅かったね。捕物はもう終わってしまったさ」

三右衛門は土間に引き据えられた女を見て「あっ」と叫んだ。たちまち悔しそうな顔をする。一方、大番屋の親方は、得意気な顔つきで胸を反り返らせた。

三右衛門は荒海一家の若い者を引き連れていた。卯之吉はその若い者に目を向けた。

「銀八……は、まだ着いていまいね。足が遅いから。それじゃあ、あなた、すまないけれど、八丁堀のあたしの屋敷まで走って、美鈴様を連れてきておくれな」

若い者は「へいっ」と答えて走り去った。代わりに三右衛門が訊ねた。

「あの女剣客を呼んで、どうなさるおつもりですかい」

卯之吉は三和土の女に目を向けて答えた。

「面通しをさせるのさ」

美鈴は銀八とは違って足が速い。若い者と一緒に、すぐに駆けつけてきた。

「ああ美鈴様、遠い所をお呼び立ていたしまして……」

美鈴は卯之吉に呼ばれたのなら、天竺《てんじく》にだって走っていくであろう。疲れた様子もなく答えた。

「これぐらい、なんということもありませぬ」

さほどに息も弾ませていない。日頃の鍛えぶりが偲《しの》ばれる。

「着いて早々、ご面倒様ですが、こちらの御方の面相を検《あらた》めてくださいませんかね」

三和土に正座させられて、顔を背けた女に目を向ける。心得きった親方が、女の顎《あご》に手をやって、グイッと美鈴のほうに、顔を向けさせた。

美鈴は「あっ」と叫んだ。

「この者は……、あの時の子守女！」

「あの時とは、大和屋の孫娘様がいなくなって、山伏様が加持祈禱で見つけなさった時のことですね？」

「そうです。あの時、浅草寺の奥山に、この女がおりました！　騒ぎが起こった時、わたしとぶつかりそうになったのですから、間違いございませぬ」

さすがに美鈴は剣客である。眼力にも優《すぐ》れている。

それを聞いた卯之吉は、三和土に控えた女の顔を覗きこんだ。

「あなたは、さっきも、子供をおぶっていましたよね？　その子供はどこへやったのです？」

女はそっぽを向いた。卯之吉はかまわずに続けた。

「我が子とはぐれて泣き叫んでいる母親の前で、その子をおんぶしているんですから、あなたも肝の太いお人ですねぇ」

女は答えない。親方は縄尻をグイッと引いた。

「言い逃れができねえってこたぁ、罪を認めたってことだ。やいっ、なんとか言え！」

女は答えない。卯之吉は首を横に振った。

「こう見えても、場数を踏んだ悪党でしょう。それにきっとどこかの大親分の手下でしょうからね。すぐには白状しないでしょうね」

親方が卯之吉に訊ねた。

「牢屋敷に送り届けやすかい？」

「いや、それは待っておくれな。今、この人が捕まったことが世間に知れ渡ったら、あの山伏はきっと姿を隠してしまうよ」

「なるほど、悪党どもはしばらく泳がせておいてから、一網打尽——って策ですな」

「そういうふうに上手く事が運べばいいけどねぇ。そのお人は、ここの牢屋に入れておいてください」

「へいっ」

親方は女を引っ張って奥へ向かう。牢の入り口の錠が開け閉めされる音がして、親方だけが戻ってきた。

「うちの番太郎に厳しく見張らせやす」

「そうしておくれな」

卯之吉は莨盆《たばこぼん》を引き寄せると、腰の莨入れから自分の煙管を取り出して、莨を詰め始めた。そんな姿を親方が、惚れ惚れとして見守っている。

「さすがは噂に名高い八巻様だ。たちまちのうちに女悪党の魂胆を見破った——って、いうことなんでしょうけどね。オイラにはさっぱりわからねぇ。これはいったい、どういうカラクリだったんで？」

「ああ、ええと、だから、あの女が小さい娘さんをかどわかして、別の場所に連れて行く。その隠し場所を、さっきの山伏さんが、祈禱で見つけたふりをする。そういう悪事だったんです」

「もちろん、一味同心《いちみどうしん》ってことですな」

「そういうこと。示し合わせているから、いなくなった娘さんの隠し場所を当てるのは、なんでもないことだよ」

卯之吉は火のついた煙管をプカーッとふかした。親方はますます感心しきっている。

「さすがは八巻様だ！　本物の千里眼の前じゃあ、偽《にせ》山伏のいかさま千里眼は通用しねぇ！」

今度は美鈴が訊ねた。

「ですが、どうしてあの女が、かどわかしの下手人だと気づいたのですか」

卯之吉は美鈴に顔を向けて訊ねた。

「美鈴様は、浅草寺であの女とぶつかりそうになった時、その背中の子が大和屋さんの孫娘さんだと気づきましたか」

美鈴は唇を嚙んだ。

「面目《めんぼく》もございませぬが、まったく……」

「そうでしょう。美鈴様だけじゃない。その場にいた誰もが、気づかなかったのです」

「そりゃあ、いったいどういうわけで？」

今度は親方が訊ねる。卯之吉は煙管を片手に構えた姿で答えた。

「大和屋の孫娘様は、唐紅《からくれない》のおべべを着ていた。皆、そう思って、紅いおべべの娘さんを探したんです。ところがその娘様は、紅いおべべを脱がされて、粗末な絣を着せかけられ、子守女に化けた女——つまりあの女におんぶされていたわけですね。汚い絣を着せられて、髪に刺さった豪華な簪も抜き取られ、黒髪や顔を土埃で汚せば、とても大店《おおだな》の娘様には見えません。そういう次第で、お集まりだった皆様は、目の前にお探しの娘様がいたのに、それと気づくことができなかったのですよ」

「ふぅむ」

「そうしておいてから、あの女は、皆と一緒に娘さんを探すような顔つきでその場を離れて、経文蔵に向かったのです。蔵の中に入ってから、元の紅いおべべに着せ替えさせたのですね。何のこともございません。浅草寺の地廻りさんやら芸人さんやら、野次馬さんたちやらが探して回っていた、その目の前を、運ばれて行ったというわけです」

　卯之吉は細い指の先で煙管をクルクルと回した。

「今日もあの女は同じ手口を使いました。かどわかした娘様の、良く目立つはずの桔梗色の着物を脱がして、代わりに粗末な絣を着せた。娘さんの頭の簪は抜いて隠し、代わりに、土埃で髪と顔を汚しました。そうしておいて、すぐには逃げ出さずに、その場で辛抱したわけです。すぐにその場を離れると、『娘をおぶった女があっちへ行った』などと言われることもあると思ったのでしょう。皆と一緒に、その場を離れるのが賢明なわけですね」

「人の思い込みの裏をかこうって魂胆ですかい」

「そういうことだね。で、そこへあたしがやってきた」

　親方は眉根を寄せた。

「旦那はどうして、あの子守女が怪しいと目串《めぐし》をおつけなすったんですかい」

「ああ、それはね」と言いながら、卯之吉は二度目の莨をふかした。

「背中におぶっていた子供の頭から、プーンと、上物《じようもの》の鬢《びん》付け油の匂いがしたのさ。目を向けると、田舎者染みたあの女が、汚らしい子供をおぶっていた。だけど鬢付け油は八丈島《はちじょうじま》の椿 油《つばきあぶら》だ。こいつは変だと思った。そしてその時あたしはね、美鈴様から聞かされた話を思い出したのさ。二つの話が繋《つな》がって、からくりが解けたってわけです」

親方は「へぇッ」と感心した。

「さすがは旦那様です！」

美鈴は胸の前で両手を組み、感激の目をウルウルさせて卯之吉を見守っている。無敵の女剣客とも思えぬ姿だ。

一方、卯之吉なら難事件を解決するのも当たり前だ――と思い込んでいる三右衛門だけは、少しばかり冷静であった。

「ですがね旦那。かどわかされた子供たちは、どうして泣きわめかなかったんですかい」

卯之吉は「うん」と頷き返した。

「おそらくは阿芙蓉《あふよう》を使ったんだろう」

「なんです？」

「異国の薬だ。その煙を嗅がされると頭がぼうっとなってしまう。なにも考えられなくなるんだ。本多出雲守様に頼まれたけれど、とてもあんな危ない薬は――

って、まぁ、その話はどうでもいいね」

「じゃあ、子供たちは、その毒薬を嗅がされて……」

「そう。眠っていたんじゃなくて、手足も動かすことができないほどにグッタリしていたってことさ」

親方は「小せぇ子供になんてぇことをしやがる」と憤った。

三右衛門はまたも首を傾げさせた。

「ですが、悪党どもは、どこで子供らに煙を嗅がせたんでしょう？」

「問題はそこだよ。この二つの事件は、偽山伏さんとあの女が二人だけでやったことじゃない。着物を脱がす場所だって必要だろう」

「どこで脱がしたってんです」

「おそらく、近くには、露天商に扮した仲間がいたはずだよ。売り物を並べた机の上に布を掛けておけば、その下で何をやっても、誰からも見咎められない」

「くそっ」と叫んだ親方が大番屋を飛び出そうとした。悪事の仲間の露天商を捕まえに向かうのだろう。

「待って」

卯之吉は止めた。

「その仲間は捕まえなくてもいい。いや、捕まえちゃいけない。あたしたちは偽山伏が大和屋さんの所にいることを知ってるんだ。まずは黙って見守ろう」

親方は障子戸を閉めて戻ってきた。

「そうでしたかい。偽山伏の居場所がわかっていなさるってのなら、手を貸した露天商も、繋ぎをつけに行くはずですから、いずれ捕まえることができましょう。旦那の仰るとおり、泳がせとくのが上策だ」

親方は「それにしても」と続けた。

「さすがは八巻の旦那だ！　偽山伏にもすでに目をつけていなすったとは！」

三右衛門が得意気に鼻をヒクつかせた。

「おうよ！　オイラの旦那は江戸一番の、いや、日ノ本一の同心様だぜ！」

美鈴は目を潤ませ続ける。卯之吉は困ってしまって、

「……なんだろうねぇ、このお人たちは」

と呟いた。

四

卯之吉は南町奉行所に戻った。

同心詰所に入って、長火鉢の前に陣取り、のんびりと茶を喫していると、筆頭同心の村田銕三郎がやってきた。

「おい、ハチマキ!」

火鉢を挟んでドッカリと座る。悪気があるんだか、ないんだか、険悪な形相で睨みつけてきた。

村田銕三郎は卯之吉とは異なり、本当に切れ者の同心で、剣の腕も立ち、江戸の悪党どもからは〝南町の猟犬〟などと呼ばれて恐れられていた。

悪党どもを震え上がらせる鋭い目つきで卯之吉を凝視したが、卯之吉は春のそよ風を頬に受けた、みたいな顔で受け流し、

「今、お茶をお入れしましょう」

細い腕を伸ばして急須を取ろうとした。

「茶なんか呑んでる場合じゃねぇ!」

たちまち雷が落ちる。もっとも村田の場合、怒鳴りつけたからといって、怒っ

ているとは限らない。

「両国橋、西の橋詰の大番屋から報せがあったぜ。若い女が、大川に落ちたそうだな」

「あっ、はい」

「お前ぇが見ていたのか」

「仰るとおりです」

「何があったんだ。話してみろ」

卯之吉は、ちょっと考えるふりをしてから、喋り始めた。

「あたしは町廻りで、たまたまそこを通り掛かっただけなんですけどね、あたしの、この――」

両手で袖を摘《つま》んで、奴凧《やっこだこ》みたいに黒羽織を広げた。

「姿を見たら、一人の若いお女中が身を翻《ひるがえ》したんですよ」

お女中とは〝女〟に対する敬称である。

「なんだと！　怪しいじゃねぇか！」

「仰るとおりです」

「それで、どうした」

「その時たまたま、火除け地の向こうから、大番屋の親方が来てですね、親方も怪しいと睨んだのでしょう。通せん坊をしようと立ち塞《ふさ》がったら、そのお女中、勝手に川に飛び込んじまったんですよ」

「ますます怪しい！」

「親方が急いで引き上げようとしたんですがね、なにしろ高い所から飛び込んだわけですし」

両国橋の辺りは、川岸を高い石垣で固めてある。

「春とはいえども水はまだまだ冷たいですから、お女中はすぐに動かなくなっちゃいましたよ」

「死んだのか」

「あれよあれよと言う間に、海まで流されてしまいましたねぇ」

「しょうもねえな」

「親方の差配で、こういう年頃の、こういう着物を着たお女中が死んだって、大番屋の前に大きな張り紙をしましたけれどね。……親元か誰か、現われましたかねぇ？」

「聞いてねぇな。同心の黒羽織を見て逃げたんなら悪党だろう。親や仲間が名乗り出るとは思えねぇ。クソッ、手前《てめ》ぇが、もっと、しっかりしていれば！　こんなことには！　ならなかったんだよ！」

尻上がりに声が大きくなって、最後にピシャリと怒鳴りつけた。

「面目ございませんねぇ」

卯之吉は、まったく反省を感じさせない顔つきで謝った。


「お仙《せん》が死んだやと？」

天満屋の隠れ家で、宗龍が才次郎に確かめた。

才次郎はつまらなそうな顔つきで頷いた。

「へい。どうやらそのようですぜ。両国橋近くの大番屋に、張り紙が出ておりやしたから」

「何があったんや」

「同心の姿を見て、驚いて逃げようとして、足を踏み外して大川に落ちちまったらしいんで」

「なんだってお仙は、両国なんぞに出掛けたんや」

才次郎は、ますますつまらなそうな顔をした。

「金剛坊が、千里眼の術を見せつけようとしたんでございまさぁ」

「なんやと？　わしが授けてやったあのイカサマを、わしに断りもなく、試したいうんか」

「宗匠さんが『やれるもんならやってみろ』と言った、と、金剛坊はそう言い張りましてね」

「アホが！　そないな意味で言ぅたんとちゃうで！」

「あっしもそう思ったんですがね。金剛坊は、宗匠さんの指図がなくても、同じことならやれると考えたみたいでして」

「その結果、役人に見咎められたってことか」

「それはどうでしょう……。張り紙を見て参りやしたが、役人は、お仙のことを悪党だとは思っていないようで。うっかり川に落ちたと思ってるみたいでしたぜ。大番屋の番太郎どもは、近所を走って、家に帰って来ない娘はいないか聞いて回ったそうでさぁ」

「ほなら、お仙の独り合点か。同心の姿なんぞに驚いて川に落ちるとは、つまらん死に方しよったもんや」

宗龍はブツブツと呟きながら考え込んだ。

「ここはいったん手を引くべきか……。そやけど、ここまで首尾よく運んだものを、投げ出すいうんは惜しい……」

ウンウンと唸りながら長考した後で、ようやく才次郎に目を向けた。

「金剛坊は、大和屋におるんやろうな？」

「上方に引き上げるように伝えるんですかい？」

「そない、もったいないことができるかい。大和屋の見張りを増やすんや」

「それで、どうします」

「八巻の手下が探りに来るようなら、この策は仕舞いや。お仙を伝《つて》に嗅ぎつけられたと考えたほうがええ。そやけど、八巻の手下が来ないようなら、このまま事を運ぶことにするわ」

「合点、承知しやした」

才次郎は座敷から出て行った。一人残された宗龍は、

「金剛坊の阿呆めが！」

と、毒づいた。

夕刻、八丁堀の八巻の屋敷に、荒海ノ三右衛門とドロ松がやってきた。台所の

板ノ間で卯之吉と密談する。

「するってぇと、金剛坊のお堂で、オイラが目を回しちまったわけは……」

卯之吉は細い腕を組んで頷いた。

「阿芙蓉の毒煙を吸わされたんだろうね」

「そういやぁ、お堂の中には香炉がありやした。香炉の煙がオイラのほうにばかり、たなびいてくるんで、煙かったのを憶えていやすぜ」

「鞴《ふいご》を使っているだとか、風向きを操る仕掛けがあるんだろう」

三右衛門がいきり立つ。

「それじゃあ、金剛坊が大店の主たちを帰依《きえ》させちまった仕掛けってのも……」

「うん。阿芙蓉で、なにも考えられなくしたところで言い聞かせれば、相手の心を操ることができるのかも知れないね」

「とんでもねぇ大悪党ですぜ！」

今にも大和屋に殴り込みをかけそうな三右衛門を、卯之吉は止めた。

「待って。まだ、仲間がどれだけいるかもわかっていない。少なくとも阿芙蓉の毒について詳しく知ってる蘭学者が、一味の中にいるはずだよ」

「仰るとおりですぜ」

三右衛門も思い直した様子で、腰を据えた。

「これだけ大掛かりな仕掛けをしようってんだ。よっぽどの黒幕が裏で糸を引いているのに間違《まちげ》ぇございやせん」

「だけどねぇ……」

卯之吉は斜めに天井など見上げた。ちょっと困ったような顔つきだ。

「その黒幕は、あたしたちのことを調べ尽くしているようだよ。だって、乗り込んで行ったドロ松さんを、すぐにあたしの手下だと見抜いたんだからね」

ドロ松が面目なさそうな顔をした。

「あん時は、旦那のことをバシバシと言い当てられて、コイツは本物の千里眼かと思っちまったもんで……」

「金剛坊さんの験力は偽物だ。だとしたら、相手はこっちのことを良く知っているんだと考えなくちゃいけないよ。……ううん、困ったねぇ。手をこまねいていたら大和屋さんの身代《しんだい》を乗っ取られちまうだろうし、もっと大掛かりな悪事を企んでいないとも限らない」

三右衛門も顔をしかめた。

「誰か、疑われることなく、大和屋に乗り込んで行ける野郎はいねぇですかね。

そいつに大和屋の中を探らせてぇ」

「中を探ると言っても、大和屋さんは、材木問屋の大店ですからねぇ……」

三石衛門が「あっ」と叫んだ。

「いやしたぜ、うってつけのが！」

「へぇ？ だけど、けっこう面倒な話だよ。わざわざ面倒事に首を突っこむようなお人がいるかね？」

「いやすよ。向こうから首を突っこんで来そうな馬鹿な野郎が」


翌日、大和屋の前に一丁の乗物がつけられた。お供を引き連れた結構な行列だ。駕籠《かご》の中で窮屈そうにしていた壮士《そうし》が、ヌウッと踏み出してきた。

「越後《えちご》山村三万三千石、梅本《うめもと》家が三男、源之丞《げんのじょう》である！」

堂々と名乗りを上げると、自分の腕で暖簾をかき揚げて、店の中に踏み込んで行った。

第五章　攫《さら》われた娘

一

源之丞は大和屋の表座敷に踏み込んで、床ノ間を背にして堂々と座った。

さすがは大名家の若君だけあって尊大な態度を取り慣れている。そこへ、慌ただしく大和屋光左衛門が入ってきた。

「これはこれは。ようこそお渡りくださいました」

得意の愛想笑いを浮かべながら、源之丞の御前で折り目正しく正座した。

「手前が、主の光左衛門にございまする」

源之丞は「うむ」と大きく頷《うなず》いた。

「我が家の上屋敷を改築いたすことになってな。ついては柱が入り用だ」

光左衛門は顔をちょっと上げて、不思議そうに源之丞を見た。

「御曹司《おんぞうし》様が御自《おんみずか》ら、御用材をお求めにございまするか」

大名家よりの用命なら、勘定方か、普請《ふしん》方の役人がやって来て、商談に臨《のぞ》むのが普通だ。

源之丞は「フン」と鼻を鳴らした。

「俺は部屋住みの身なのでな。父や兄からすれば、一介の家臣とさして変わらぬ。たまには家の役にでも立たねば、江戸屋敷におっても肩身が狭い」

「左様でございましたか」

わかったような、わからぬような理屈だが、この大名家には、この大名家なりの家風があるのだろう、と思って、深くは考えぬことにした。

「それでは早速だが、柱を見せてもらおうか」

源之丞がそう言うと、光左衛門は困った表情を浮かべた。その顔つきの変化を見逃さず、源之丞はジロッと睨《にら》みつけた。

「なんじゃ、その顔は。ここは材木屋ではないのか」

光左衛門はすかさず平伏した。

「材木問屋にございまするが……」

「ならば、売り物を見せよと申しておる」

源之丞は立ち上がった。源之丞は長身である。勢いもあって、光左衛門の目には雲を衝《つ》くような大男に見えた。

「木場は裏手か。いざ、参るぞ！」

家来のように命じながら、足音も荒々しく、裏庭へと向かう。

暗い通り庭を抜けて、明るい裏庭に出た。勝手にズンズンと歩んでいく源之丞の後を、光左衛門が慌てて追ってきた。

「なんじゃ、あのお堂は。そのほうの信心か」

金剛坊の祈禱《きとう》所を見やって源之丞が言う。光左衛門が言葉を濁していると、それ以上の関心はまったくない様子で、広場に立てかけられた柱に向かった。

「おう、さすがは老舗の材木屋だ。良い柱が揃っておるな」

「過分なお褒《ほ》めの言葉を頂戴いたしまして……」

「よし、ここにある柱を全部もらおう！」

「えっ……？」

あまりにも思い切りの良すぎる即決に、さしもの富商が言葉を失った。

「いや、あの、それは……」

源之丞がグルリと身を巡らせて振り返った。大名家の御曹司ならではの、睨みつけるような目を向けてきた。

「なんじゃ、そのほう！　我が家の足元を見て、売り渋るつもりか！」

「いえ、けっしてそのような……」

「小大名と侮《あなど》るならば、容赦はせぬぞ」

「滅相《めっそう》もございませぬ」

光左衛門は、聞き取りにくい小声で続けた。

「只今《ただいま》、木材の値は、値下がりをいたしておりますので、お大名様が購《あがな》えぬなどとは、けっして思ってはおりませぬ」

「ほう。ならばますます好都合じゃ。値が上がらぬうちに買い取るに限る。して、いくらじゃ。値を申せ」

「いえ、それがその……」

などと言っている間にも、掘割を舟がやってきて、いずこからか運んできた柱を荷揚げし始めた。

源之丞は人足たちの働きを横目に見ながら、

「売り物は次々と運ばれて参るではないか。我が家には売れぬという法はあるまい。さぁ、値を言え！」

光左衛門は顔の色を青くしたり、赤くさせたりしていたが、ついに、意を決した様子で言上《ごんじょう》した。

「これらの木材は、すでに買い手がついておるのでございます」

「なんじゃと？」

「大変に申し訳ございませぬ」

しかし源之丞は殿様育ちだ。「左様であれば致し方があるまい」とは、言わなかった。

「ならば、こちらで掛け合って参ろう」

光左衛門が目を丸くさせた。

「か、掛け合う、と、仰《おつしや》いますと？」

「我が家に柱を譲れ、と談判いたすのじゃ」

「ええっ」

「わしはあの柱が気に入った。さぁ申せ。誰に売ったのだ。その者はいずこに住んでおるのだ」

光左衛門は、さすがに辟易《へきえき》とした顔つきとなった。

「困りましたなぁ……」

溜息まで漏らす。いっぽう源之丞は執拗《しつよう》だ。

「何が困る。その者と同じ値で買ってやろうと申すのじゃ。いや、色をつけてやってもよいぞ」

光左衛門は首を横に振った。

「お困りになるのは手前ではなく、若君様のほうにございまする」

「俺が、だと？」

光左衛門はまっすぐに源之丞の目を見据えた。

「木材のご用命は、大公儀《おおこうぎ》のご顕職《けんしょく》様より、頂戴いたしたものでございます。若君様がご無理を仰せなさいますと、ご顕職様のお怒りを買ってしまい、お家の大事とも、なりかねませぬぞ」

今度は源之丞が目を剝《む》いた。

「そのご顕職とは、たとえばご老中……などのことか？」

「ご推察にお任せいたします」

否定しないということは、正解だ。

源之丞はブルルッと身震いした。

「それはいかんぞ！」

「かような次第でございますので、今回ばかりは、お諦《あきら》めくださいますよう」

「しかし！　我が屋敷の普請はどうなる！」

源之丞が叫ぶと、光左衛門は、意味深な目を向けてきた。

「今、ご普請をなさいますことは、お勧めいたしかねまする」

「それは、なぜじゃ」

「日取りが悪い、とでも、申し上げておきましょうか。梅本様の御家のお為を思っての、差し出口にございまする」

「屋敷の普請を控えたほうが良い、というのも、そのご顕職に関わりがあるのか」

「そこまでは……」

「何を言っておるのか、さっぱりわからぬ！」

「いずれ、必ず、ご理解いただけまする。今は一時、手前の言にお耳をお貸しくださいますよう……」

源之丞は唇をへの字に結んで黙り込んだ。

「という次第だ」

吉原の大見世《おおみせ》、大黒屋の二階座敷に大あぐらをかいた源之丞は、不愉快さを隠そうともせずに、昼間の次第を語った。

「思惑が外れたな、卯之さん」

卯之吉は珍しく、真面目な顔つきで思案をしながら、頷いた。

「源之丞さんには、お客のふりをして大和屋さんに乗り込んでいただいて、商談をしつつ、お店の中や、光左衛門さんご一家の様子を探っていただこうと思ったのですがね……」

源之丞は大音声《だいおんじょう》で吠えた。

「ええい、生意気な商人めが！　酒だ酒だ！」

憂さ晴らしとばかりに遊女たちを呼んで、朱塗りの大盃《たいはい》を持ってこさせ、なみなみと酒を注がせた。

大盃に口をつけると、すかさず遊女たちが三味線を弾き、鳴り物を鳴らして囃《はや》し立てる。景気の良い調子にのせられて、源之丞は一気に酒を飲み干していく。

「そぉれ、どうだ！」

空になった盃を片手で翳《かざ》した。遊女たちは一斉《いっせい》に歓声を張り上げた。

卯之吉は、「みんな、踊っておくれ」と遊女たちに命じた。

「よしっ、俺も踊るぞ！」

立ち上がろうとした源之丞の羽織の裾を握って、引っ張る。

「酔っぱらう前に、聞いておきたいことがあるんですがね」

「おいおい。卯之さん、どうした」

源之丞はまじまじと卯之吉の顔を見つめた。

「まるで町方の役人が詮議《せんぎ》をするような顔をしておるぞ。卯之さん、八丁堀に骨を埋めるつもりになったか」

女たちは歌い踊っている。賑々《にぎにぎ》しすぎて二人の会話を聞かれる心配はない。

「そんなつもりはございませんがね。大和屋さんと三国屋は江戸の商人同士。知らぬ仲でもございませんので、手前で良ければ、お助けしたいと思っているだけですよ」

「フン。それで、何を知りたい」

「大和屋光左衛門さんは、柱の値は下がっている、と仰ったのですね」

「そうだ。しかも河岸には、次々と材木が届けられる様子であった。光左衛門の検分を受けた後で、また運び去られて行ったが、きっと深川の木場に貯められるのであろうな」

「このお江戸に材木が集められているのだとしたら、値が下がるのは当たり前のことですけれどね。だけどなにか、腑に落ちませんねぇ」

「俺もだ。大公儀の老中が柱を集めている――のであれば、江戸城の御殿か、櫓《やぐら》の建て直しなどを目論んでいると考えられようが、しかし、そのような話はどこにもない。江戸城を建て直すのであれば、いずこかの大名に手伝《てつだい》普請が命じられるはずだが、そんな噂は耳にしてはおらぬ」

手伝普請を命じられた大名は、自腹を切って将軍家のために御殿や櫓を建てねばならない。重い負担となるだけに大名たちは戦々恐々、誰にどんな負担が命じられるのか、公儀の意思を探ろうとする。家老たちも互いに情報交換を繰り返すので、大きな普請があるのであれば、大名家の者が知らない、ということはあり得ないのだ。

卯之吉は首を傾《かし》げた。

「それなら、その柱は、なんのために集めているのでしょうね」

「知らぬわ。ええい、もうよかろうが。俺は踊るぞ！」

源之丞は立ち上がって、遊女たちの待つ座敷に突進して行く。黄色い歓声が上がった。源之丞は遊女の輪の真ん中で踊りだした。

卯之吉は一人、黙然《もくねん》と座っている。

二

それでもきっちり朝になるまで遊ぶのが卯之吉流だ。日が昇るころ、八丁堀に帰ってきて、布団に潜り込んだ。

四ツ（午前十時ごろ）過ぎになって、三右衛門がやってきた。銀八は眠い目を擦《こす》りながら、台所で迎えた。

「若旦那は、まだ寝ているでげす」

三右衛門はそれを不思議だとは思わぬ様子で頷いた。

「御自《おんみずか》ら、徹夜のご探索かい。旦那が足を棒にして働かなくちゃならねぇのは、オイラたち子分が情けねぇからだ。面目無《めんぼく》いったらありゃしねぇぜ」

忸怩《じくじ》たる様子で顔をしかめる。

銀八は、

（この親分さん、どうしてこう、いつまでも、若旦那の真のご性分に気づかねぇんでげすかねぇ？）

と、不思議に思った。

「お目覚めになるまで待たせてもらうぜ」

「大事なお話でげすか？　それなら、起きていただくでげす」

「いや、それがな」

三右衛門は首を傾げた。

「大事な話かどうなのか、オイラにもよくわからねぇのよ。旦那のご裁断を仰ごうと思って、来たんだけどな」

「どんなお話でげすか」

「寅三が、妙な話を仕込んできやがったのよ」

その寅三がヌウッと台所口から入ってきた。

正午を過ぎて、ようやく卯之吉が起きだしてきた。

「おや、将棋ですかえ」

台所に将棋盤を持ち出して睨み合っていた三右衛門と銀八に気づくと、足音を忍ばせて寄ってきて（将棋の邪魔をしては悪いと思ったのだ）真上から盤上を覗きこんだ。

「……あと、十三手で詰みですね」

三右衛門が跳ね上がった。

「これはお早いお目覚めで。今日も良いお日和で。一ノ子分の三右衛門にござんす」

銀八は将棋盤を睨みつづけている。

「あと十三手でげすか」

指差しながら考え込むが、どう駒を動かせば詰むのか、わからなかった。


卯之吉は台所の板敷きにきちんと正座をした。

それを待って三右衛門が口を開いた。

「源之丞の野郎は、駄目でしたかい」

卯之吉は「うん」と答えた。

「銀八から聞いたのかい」

「へい。おおよそのあらましは。……チッ、役に立たねぇ野郎だ」

卯之吉はのんびりと笑った。

「そう悪《あ》し様《ざま》に言うもんじゃないよ。源之丞さんのお陰で見えてきたこともある。もっとも、改めて調べなくちゃならないことも増えたけどね」

「さいですかい。むむ……」

三右衛門は考え込む顔をした。

「どうしたんだい」

「へい。調べなくちゃならねぇことを増やしちまうようで、申し訳ねぇんですがね」

「なんだえ」

「寅三のヤツが、妙な話を聞きつけてきたようなんで」

「ほう」

卯之吉は、三右衛門の後ろに控える寅三に顔を向けた。

「どんな話ですね。聞かせてもらえますかね」

寅三は「へい」と答えた。

「もちろんでさぁ。是非、お聞きいただきてぇ」

寅三は昨日の出来事を語り始めた。

寅三は、人買いの次郎兵衛を追って旅を続けた。

次郎兵衛は質《たち》の悪い人買いだが、切った張ったの博徒ではない。喧嘩や殺し合いとは無縁の稼業なので、油断だらけの姿で歩いていた。背後すら確かめようとはしなかった。

それでも旅慣れているので足は早い。寅三は見失わないように、しかし見つけられないように、距離を加減しながら追いつづけた。

夕刻には板橋宿《いたばししゆく》を過ぎて江戸の市中に入り、夕陽を横顔に受けながら本郷《ほんごう》の坂を下った。

本郷に入ると街道筋が急に江戸の町らしい風景になった。中山道を挟んで多くの商家が建ち並び、大名屋敷や寺社の大屋根も増えて、人通りも増えてきた。

（もうちっと、間合いを詰めても大丈夫かな）

人混みに紛れて見失うことのほうが恐い。寅三は距離を詰めようとした。

その時であった。次郎兵衛はスッと、横道に入った。

（野郎、いってぇ、どこに行くつもりだ）

寅三は急いで走った。横道は商家と商家の隙間にあった。もしかしたら尾行を気づかれたのかも知れないと案じながら覗き込むと、次郎兵衛の、呑気に歩く後ろ姿が見えた。

（気づかれちゃいねぇようだ）

寅三は安堵《あんど》して、尾行を続けた。

次郎兵衛は脇目もふらずに歩いていく。本郷台地の急な坂の下に不忍池《しのばずのいけ》が見える。その向こうの低山は忍岡《しのぶがおか》。山の上には上野の寛永寺と東照宮があった。

（この辺りはずいぶんと草深いな）

二つの崖と、その間に挟まれた低湿地だ。暮らし心地《ごこち》は悪いし、家屋敷を建てやすくもない。あちこちに野原や竹藪《たけやぶ》が見受けられた。

次郎兵衛は野原の間の小道に分け入った。道の先には竹藪があった。竹藪の中に家が建っているようだが、日が没し、暗くなってしまって、よくは見えなかった。

その時であった。寅三の背筋に不吉な寒けが走った。

寅三は、少年の頃から俠客の世界に身を投じて、血の雨をくぐり抜けながら生き抜いてきた。不穏な気配には敏感である。

（さては、誰かがこっちを見張っていやがるな……）

第六感がそう告げている。

（この先はいけねぇ）

寅三は即座に身を翻《ひるがえ》した。

寅三は中山道に戻った。通りに沿って建ち並ぶ商家の陰に身を隠す。見張りの者が自分を追ってくるようなら、その面相を確かめてやれ、と思っていたのだが、案に相違して、誰も横道からは出てこなかった。

どうやら相手には、こちらの気配を覚《さと》られずにすんだ様子であった。

それでもじっと辛抱強く待ち続けていると、四半刻（約三十分）ほどして、次郎兵衛が横道から出てきた。隠れている寅三には気づかずに通りすぎて、神田明神のほうに向かって歩いていった。

寅三は隠れ場所から出ると後を追った。

神田川の岸まで歩いたところで、

「おい、そこを行くのは次郎兵衛じゃねぇか」

と、思いきって声を掛けてみた。

次郎兵衛が振り返る。寅三は笠を脱いだ。近くにあった飲み屋の明かりが、その横顔を照らした。

「あっ、お前《め》ぇさんは、寅三兄ィ」

次郎兵衛はちょっと驚いた顔をした。寅三は呆れた。

（ずっと同じ道中を、つかず離れず旅してきたってのに、なんて間抜けな野郎だい）

一家の弟分なら、ぶん殴っていたところだ。

それはさておき寅三は、可能な限り、朗《ほが》らかな笑顔を取り繕った。

「オイラの顔を見憶《みおぼ》えていてくれていたとは嬉しいぜ」

次郎兵衛はばつの悪そうな顔をした。

「オイラは、何も悪いことはしちゃいねぇよ」

「誰もそんなことは言ってねぇだろう」

「だけどよ、荒海一家は人買いに辛く当たるからよ」

寅三は、

（当たり前ぇだろ。こっちの縄張り内で暮らしている町人の子供まで攫《さら》いやがって）

と思ったのだけれど、愛想笑いは崩さない。

「そんなふうに思ってたのかい。そいつぁこっちの不徳だ。オイラたちだって世間に顔向けのできる身分じゃねぇ。他人のシノギをどうこう言うもんじゃねぇのよ」

次郎兵衛は、半信半疑、あるいは薄気味悪そうに、人当たりの良すぎる寅三を見つめている。寅三は続けた。

「ここで会えてちょうど良かったぜ。実は人買いに相談があったんだよ。ちょっとツラを貸してくれねぇか。一杯やりながら話をしよう」

次郎兵衛はますます気味の悪そうな顔をした。

「なんだい、話って」

「人買いに相談といったら、娘っ子の買いつけに決まってるじゃねぇか」

「荒海一家は、女郎の売り買いはしねぇんだろ。逆に、岡場所の顔役を仕置きしたりしてるじゃねぇか」

寅三は「フン」と鼻を鳴らした。

「こんなご時世だ、いつまでも綺麗《きれい》事は言っちゃいられねぇ。うちの一家も女郎で稼ごうじゃねぇか、って話になっているのさ」

次郎兵衛の顔つきが急に明るくなった。

「なるほど、そういう話でしたかい。それでオイラに話があると」

「そういうこった。頼むぜ」

「へいへい。そんならこっちも商売だ。よろしく頼みますぜ」

寅三は次郎兵衛を近くの飲み屋に連れ込んだ。すかさず酌をしてやって、良い調子で酔わせてやった。

「ところでお前ぇさん、中山道を歩いてきたようだが？」

「まあ、ちょいとした野暮用の帰《け》ぇりでしてね」

寅三は、次郎兵衛の酔った様子を注意深く確かめながら、探りを入れる。

「街道筋の旅ってこたぁ、どこかの宿場に娘を売った帰りってことか」

「いや、そういうわけじゃ――」

「こっちも急いで女を揃えてぇんだ。宿場に売った女を買い戻して、こっちに回してもらえねぇか」

「いや……、そんな話じゃねぇんで」

「なんだよ。銭は弾むって言ってるじゃねぇか。倍額出すぜ。貧乏な宿場に売るよりも、江戸のほうが高く売れるだろ？」

「本当にそんな話じゃねぇんですよ」

強面《こわもて》の兄ィにしつこく迫られて、すっかり困り果てた次郎兵衛は、つい、本当のことを喋《しゃべ》りだした。

「実はね、オイラが五年ばかり前《め》ぇに売り飛ばした娘っ子が、今どうなっているのか、それを確かめてこいって、言われたんですよ」

「嘘をつけよ。誰が信じるかよ、そんな話。手前ぇ、荒海一家を馬鹿にしてんのか」

「本当なんだよ。困ったな。信じておくれよ」

「じゃあ聞くが、調べてこいって言ったのは、どこの誰なんだよ」

次郎兵衛は、急に顔色を悪くさせた。

「それだけは言えねぇ」

「ほらみろ、やっぱり嘘じゃねぇか」

「嘘なんかじゃねぇって」

「それじゃあ、誰を探しに行ったんだよ」

睨みつけながら質《ただ》すと、寅三の殺気に怯《おび》えた次郎兵衛は、ポロリと白状した。

卯之吉は訊《たず》ねた。

「どなたを探しに行ったと、答えたんですかね」

「倉賀野宿の飯盛女、おちかだと答えやした。あっしが宿場で確かめた話と同じでしたから、野郎は、嘘はついちゃおりやせん」

「ふむ」

「おちかの素性も割れやした。下富坂町の菓子屋、『紅梅堂《こうばいどう》』の娘なんだそうで」

「ああ、紅梅堂さん」

「御存知で」

「うん。知ってる。近ごろ評判のお菓子屋さんだよ」

卯之吉が知っているのは菓子の味だが、三右衛門も寅三も、〝町奉行所の同心として店の主人の名と顔を知っている〟という意味だと理解した。

「五年前なら、まだ小さな店だったはずだよ。その次郎兵衛って人が娘を攫ったのは、身代金が目的ではなかっただろうね」

三右衛門が話を受けた。

「紅梅堂のほうでも、金を使って娘を探すことはできなかった、ってことですかえ」

「そういうことだろう。このところ紅梅堂さんは菓子の工夫が評判になって、お大名屋敷の御用なんかも増えている。お足に余裕ができたので、そのお足で娘さんを探すおつもりになったのだろうね」

寅三が卯之吉に訊ねた。

「あの竹藪の中の家にいたのは誰なんでしょう。次郎兵衛はどうしても口を割らねぇんですがね。人探し稼業の元締ってヤツなんですかね？」

「人探しを商売にしているお人がいるって話は、聞いたことがないねぇ。だけど、だいたいはわかるよ」

「えっ、いってぇ誰なんです」

「今、このお江戸で人探しを稼業にしているお人といったら、あの御方ですよ。大和屋にお堂を構えた金剛坊さん。……いや、悪党に〝さん〟をつけるのはおかしいですかね」

三右衛門が身を乗り出した。

「金剛坊！　するってぇと、これは」

「そうです。金剛坊の千里眼の仕掛けでしょう。攫われた娘さんを探す祈禱を金剛坊のところへ頼みに来るお人がいる。金剛坊はその話を良く聞いて、娘を攫った人買いを見つけ出し、その人買いに、娘さんの無事を確かめに行かせているのですね」

「その後で親に教えてやる――ってわけですかい！　千里眼の験力《げんりき》で見つけ出し

たふりをして！」

「そういうことだね。つまりその竹藪の中に……」

「金剛坊一味の親玉が隠れていやがるってわけだ！」

飛び上がろうとした三右衛門を、卯之吉は慌てて止めた。

「待って！　まだやらなくちゃならないことがある」

「なんですかね、それは」

「材木を買い占めているお人の魂胆《こんたん》を確かめることと、今は金剛坊に騙されきっている、大和屋さんの目を覚ましてやることだよ」

「それがそんなに大事なことなんですかい？」

「うん。金剛坊の祈禱料はあまりに安すぎるって言ってたよね」

「へい」

「これだけの人数を使って、千里眼の仕掛けをやってるのに、ちっとも元が取れそうにない。ということは、別の手段で、大儲けを企《たくら》んでいるってことだ」

「材木に関わりが？」

「大和屋さんは最初に狙われた。金剛坊の最初の目論見《もくろみ》は、大和屋さんの懐に入り込むことだったのだろうね。始めっから、材木で何かをしようとしていたとしか思えない」

「なるほど」

「まだまだ金剛坊一味を摑まえることはできないね。もうちょっと、泳がせておこう」

三右衛門は苦々しい顔をした。

「敵がでかいと、面倒も増えますぜ」

卯之吉は「ああそう？」と、呑気な声を漏らした。

「それじゃあ、もうちょっとお手当てを増やそうかね」

分厚い財布をまさぐりだした。

「そいつぁご勘弁！　そういうつもりで言ったんじゃござんせんぜ！」

三右衛門と寅三は急いで腰を上げた。

三

怠惰《たいだ》も極まる卯之吉にしては珍しいことに、すぐにも八丁堀の屋敷を出て、日本橋室町《むろまち》の三国屋に向かった。

「なんだか、面白くなってきたねぇ」

捕物にのめり込んでいる。卯之吉にとっては、これもまた遊興。金には困らず、生きるにも困らぬ退屈な人生の、暇つぶしなのだ。

室町に入ったところで、卯之吉は足を止めた。

同心の格好で三国屋に帰ることはできない。老番頭に見つかったら、

「お役人様に扮するなんて、悪ふざけの度が過ぎまする！」

などと叱られる。

卯之吉は三国屋近くの料理茶屋に入った。卯之吉が同心になってから後《のち》にできた店で、三国屋の若旦那としての卯之吉の顔を知らない者たちが、店を切り盛りしていた。

お供の銀八を三国屋に走らせる。座敷に通されて、障子の向こうの庭など眺めつつ、

「春も爛漫《らんまん》だねぇ」

などと呑気に言っていたところへ、徳右衛門が慌ただしげに走り込んできた。

「これは、八巻様！　こんなにも長々とお待たせをいたしまして、三国屋徳右衛門、一生の不覚にございまする！」

座敷の下座に這《は》いつくばった。

（相も変わらず大袈裟《おおげさ》ですねぇ）

などと思いつつ卯之吉は、祖父の好きなようにやらせておくことにした。

徳右衛門は手揉《ても》みなどしながら、膝でにじり寄ってきた。

「して、八巻様。本日のご用向きは……」

「ああ、そのことなんですけどね」

何から話したものか、卯之吉は思案した。

「ちょっとお聞きしたいことが……というよりも、お耳に入れておいたほうが良さそうな話を、聞きつけたのですがね……」

卯之吉は、源之丞の関与については隠しつつ、公儀の重役が江戸に材木を集めていることと、それに連れて材木の値が下がっていることを伝えた。

「御公儀が、御用材を？」

徳右衛門は（初めて耳にした）という顔をした。卯之吉は質した。

「お上が、お城の建て直しを考えておられる、とか、大寺院を建立《こんりゅう》なさろうとしている、といったような話は、聞いてませんか」

「そのような話は、まったく耳にしておりませぬ」

老齢ではあるものの、金儲けのことなら、いよいよもって明晰《めいせき》な徳右衛門だ。

うっかり失念している、などということは絶対にあり得ない。

「そうでしょうね」

卯之吉も頷いた。

「もしもそのように大掛かりな天下普請があるのだとしたら、江戸の商人、職人たちは、揃って色めき立ちますからねぇ」

徳川家が企図して、諸大名に手伝いを命じる大工事を、俗に天下普請と呼ぶ。大きな仕事にありつけると知った大工や職人たちは、江戸に集まってくる。

徳右衛門は頷いた。

「天下普請があるのでございますれば、諸国より集まった職人たちに食わせるための大量の米を用意せねばなりませぬ。浅草のお蔵はもちろんのこと、公領のお蔵にもお指図が下されるはず。もしも大量の米が動いておるのでございましたなら、この徳右衛門が気づかぬはずがございませぬ」

「そうでしょうねぇ。お祖父様なら、この期を逃さず大儲けをなさいます」

「あっ、これは……！　過分なるお褒めの言葉を頂戴いたしました！」

徳右衛門は顔を赤くして照れた。卯之吉は、

（べつに、褒めたつもりはございませんが）

と思った。

幕府の公共資産である年貢米を、右から左へと動かして、利鞘《りざや》を稼ぐのが徳右衛門のやり方だ。

卯之吉は、呑気な顔つきで欄間のほうを見上げつつ、考え込んだ。

「それなら、いったいなんのために、材木が集められているのでしょうねぇ」

「八巻様」

徳右衛門が身を乗り出してきた。

「そのお調べ、三国屋徳右衛門にお任せくださいまし。柳営《りゅうえい》のことならば、いかようにも、調べがつきまする」

「左様ですか？」

卯之吉にすれば、そっちのほうが余程に不可解な千里眼だ。

(千里眼なら、きっとタネがあるはずですよねぇ)

金剛坊のことなど思い出しつつ、訊ねた。

「いったい、どうやってお調べなさるのですかね？」

徳右衛門は「グフフ」と不気味な声で含み笑いを漏らした。

「こればっかりは、どなたにもお教えできませせぬ——と言いたいところではございますが、他ならぬ八巻様の御下問《ごかもん》でございますので、包み隠さずお教えいたしましょう」

「はい」

「お城坊主様より訊《き》きだすのでございますよ」

「お城坊主様？　千代田のお城で働いていらっしゃる、数寄屋《すきや》坊主とかお茶坊主とか呼ばれている、あのお人たちですか」

「左様でございますとも。御殿の召使《めしつかい》の皆様でございまするが、お茶を運んだり、御用を仰せつかったりするために、ご老中様の御用部屋や、諸役人様がたのお役所のお廊下に控えていらっしゃいます。当然、ご老中様がたやお役人様がたのお声が漏れ聞こえてくるわけです。お城坊主様に小判を握らせれば、江戸城の御殿で何が起こっているのかなど、筒抜けに、知ることができるのでございますよ」

「ははぁ……。なるほどねぇ」

タネも仕掛けもちゃんとあるものだ。卯之吉はちょっとばかり感心した。

天満屋の隠れ家で、大津屋宗龍が文机《ふづくえ》に座り、帳面を睨みつけながら算盤《そろばん》を弾いている。そこへ天満屋の元締と才次郎が入ってきた。

「これは元締。ようこそお渡りやす」

宗龍が居住まいを改めて一礼した。天満屋は腰を下ろしながら答えた。

「渡るも何も、ここはわしの家だ」

宗龍は、天満屋が留守の間もこの隠れ家を根城にして、天満屋が貸してくれた手下たちを指図していたので、いつしか主客が転倒したような気分になっていたのだ。

宗龍は得意気な笑顔で、ジャランと、手にした算盤を御破算《ごわさん》にした。

「元締、何もかもが首尾よく運んでおりまっせ。相模守が自腹で買い集めた材木が深川の木場に運び込まれとる。あそこなら江戸の火事に巻き込まれることもない。あとは江戸中を焼き払えば、大儲け間違いなしや」

「そうだろうとも。しかし」

天満屋の表情は晴れない。宗龍は唇を尖らせながら、上目づかいに天満屋を見た。

「なんですねん。気がかりなことでもあるんでっしゃろか」

「大いにある。確かに、この一策で松平相模守は大金を手にすることができるであろう。だが政《まつりごと》とは、金の有る無しで勝負が決まるものではない」

「と、いうと？」

「江戸が丸焼けとなったとしよう。将軍も、将軍家の旗本たちも、焼け野原となった江戸を見て途方にくれるであろう」

「そうでっしゃろな」

「将軍も、旗本も、人だ。困った時には、力のある者、頼りがいのある者を頼る。このとき果たして松平相模守に人望が集まるであろうか。もしも本多出雲守に人望が集まるようだと、お前たちの策は無駄になる。本多出雲守の人気取りのために骨を折った――ということにもなりかねん」

「なるほど。さすがは元締や。人の心っちゅうもんが良く読めてはる」

お世辞にはなんの反応もせず、天満屋は宗龍を凝視した。

宗龍はニヤリと笑った。

「それについても、折り込みずみでっせ、元締」

「どういうことだ」

「本多出雲守の評判と、信用に、ケチをつける策も練ってあるのや」

宗龍は大きな地図を畳に広げた。

「江戸の町や。ここに本多出雲守の中屋敷がある」

腰の帯から扇子を抜いて、本多出雲守の中屋敷を差した。番町《ばんちょう》の西に位置している。

大名たちは江戸に、上屋敷、中屋敷、下屋敷の三箇所を下賜《かし》されている。ちなみにこれらの屋敷の（土地を含めた）本当の持ち主は徳川将軍だ。江戸市中は将軍家の城下町であり、その土地の一部を、大名たちに無償で貸しているのであった。

「ここに火を放つんや」

宗龍は「ふひひ」と笑った。腹の底から湧き上がってくる笑いを抑えかねている。

「江戸で最も恐れられとるんは火事や。火を出した家の者は、問答無用で遠島にされるほど恐がられとる。そこでや元締。本多出雲守の屋敷が火元となって、江戸中が火の海になったら、出雲守の面目はどうなるやろうな？」

「面目丸潰れであろう」

「そういうことですわ。上様もたいそうお怒りになるはずや。『お前のツラなど見とうない！』いう話になって、出雲守は良くて蟄居《ちっきょ》、悪うすれば切腹でっしゃろなぁ」

「なるほど。それがお前の狙いであったか」

「そういうことや。出雲守さえ柳営から追い出すことができれば、三国屋も一蓮《いちれん》托生《たくしよう》。そうしたら八巻は丸裸や。あとはじっくりと始末をつけたらええねん。その後は松平相模守と大和屋と、元締の天下や。好き勝手に悪事ができまっせ」

滅多にあることではない。天満屋の口許が緩んだ。しかも「フフフ」と笑い声さえ漏らしたのだ。

「面白いことになってきた」

宗龍は大きく頷いた。

「そうでっしゃろ。わしもここ数日、どうにも笑いが収まらへんのや」

宗龍は、大口を開けて笑った。

四

卯之吉は江戸中に隠れ家を持っている。同心として働く一方で、遊び人としての暮らしも捨てたわけではない。遊里に乗り込む際に黒羽織の同心姿ではまずいので着替えのための場所がどうしても必要だったのだ。

隠れ家のうちの一軒を使って町人姿に戻った卯之吉は、ヒョコヒョコと軽い足どりで表道に出た。

「ああ、やっぱりあたしには、この姿が性に合っているよ」

巾着《きんちゃく》を振り回しながら歩きだす。

「春は良いねぇ」

などと道端に咲く花など見やりながら言った。

（まったく太平楽な若旦那でげす）

銀八は呆れる思いだ。

「ねぇ、若旦那」

声を掛けると卯之吉が笑顔で振り返った。

「なんだい」

「どこへ行くおつもりでげすか。怪しげな大悪党が跋扈《ばっこ》してるでげすよ。剣呑《けんのん》じゃねぇんでげすか」

「だからって、このあたしに町歩きをやめろってのかい。それはあたしの沽券《こけん》に関わるよ」

「なんの沽券でげすか。そうじゃなくて、せめて、水谷《みずたに》の旦那に用心棒をお頼みなさったらいかがかと、そう言いたいわけでげす」

「水谷様かい」

卯之吉はちょっと考えてから、首を横に振った。

「やめておこう」

「どうしてでげすか」

「これから行く先では、あまり大袈裟に振る舞いたくないのさ」

「どこへ行くおつもりでげすか」

「いいからついておいで」

卯之吉は鼻唄など歌いながら歩きだした。道には陽炎《かげろう》が立っている。春の風景に卯之吉はよく似合う。誰がどう見ても〝南町奉行所一の辣腕《らつわん》同心〟だの〝江戸で五指に数えられる剣豪〟などには見えない姿であった。

卯之吉は下富坂町に入った。

「ええと、この通りなのかな」

遊び人で通人《つうじん》の卯之吉も、よくは知らない土地柄だ。ようやくにして、件《くだん》の菓子屋を見つけ出した。

「ああ、ここだここだ」

嬉々《きき》として暖簾《のれん》をくぐる。

「御免下さいましよ。水戸様御用達《ごようたし》の紅梅堂さんはこちらですかえ」

帳場格子に座っていた男が顔を上げた。三十代後半から四十ほどの、四角張った顔つきの男だ。

「いかにも左様にございます」

やや陰気さを感じさせる目で、卯之吉を見た。

卯之吉は例によって、頭のてっぺんから草履《ぞうり》の裏まで金のかかった拵《こしら》えだ。顎《あご》のほっそりとした顔だちは、柔らかい物だけ食べて育ったことを示しているし、痩せた体躯《たいく》は肉体労働とは無縁の暮らしを物語っていた。金持ちの若旦那だと一目でわかる。

男は帳場格子から出てきて、卯之吉の近くで正座し直した。

「ようこそおいでなさいまし。……初めてのお客様でございますね？」

卯之吉は蕩《とろ》けるような笑顔で頷いた。

「こちらのお菓子の評判を耳にしてねぇ。日本橋室町からやってきたのさ」

「それはそれは遠い所から。ありがとうございます」

男は、陰気な顔をしていたが、素直に嬉しそうな様子を見せた。

「お前様がこちらの旦那かえ」

「はい。主の升左衛門《しょうざえもん》と申します。もっとも、この近在では、菓子屋の升吉《しょうきち》と呼んでいただいたほうが通りが良いのでございますがね。お大名様のお屋敷に出入りを許された身となりましては、升吉では名が軽すぎる、とのことでございまして」

卑下《ひげ》するように見せかけて、さりげなく大名家御用達を誇示してきた。

「なるほどなるほど。ご出世おめでたいことだ。それじゃあ、お大名様の舌を唸らせたお菓子を見せていただきましょうかね」

客に向かって棚が聳《そび》え立っている。竹皮に包んだ菓子や、箱に納められた菓子折りが並べられていた。

その奥には神棚があった。商家の店の鴨居の上に神棚があるのは当り前だ。その神棚の横に、やたらと目立つ御札が貼ってあった。

「こちらなどはいかがかと」

升左衛門は小皿に取った菓子を試食用に差し出してきた。

「いただきますよ」

卯之吉は店の端に腰を下ろすと、楊枝を手にして、行儀のよい作法でチマチマと食べ始めた。

「なるほど、これはたいした工夫だね……。餡《あん》の中に柚子《ゆず》の皮と生姜《しようが》を混ぜて、香りづけにしているのだねぇ」

「これは……さすがに舌が肥えていらっしゃいます」

升左衛門は驚いた後で、嬉しそうな顔をした。何もわからず食べる客より、こちらの苦心を理解してくれる客のほうが嬉しいのに違いない。

「あたしも菓子は好きなほうだからね」

卯之吉は「うんうん」と頷きながらいくつか試食し終えると、

「これとこれを詰めておくれな。ご老中様のご病気見舞いだ」

などと、驚くべきことをサラッと口にした。

「ご老中様、でございますか」

「まぁね。あたしの家も、出入りの商人だから」

「なるほど左様でございましたか」

卯之吉の華美な拵えを更《あらた》めて眺めて、升左衛門は納得した顔をした。

卯之吉は「ふふふ」と笑った。

「もっともそのご老中様は、美味《おい》しいお菓子よりも、黄金色のお菓子のほうを、お喜びになるお人だけれどねぇ」

升左衛門も釣られて苦笑した。大名家御用達になるためには、菓子の美味《うま》さだけではなく、袖の下の工夫もずいぶん必要であったはずだ。

いつものように卯之吉は、「初めての買い物だから御祝儀だ」と言って、とんでもない額を差し出した。いかに大名家御用達の高級菓子店であろうとも、卯之吉一人で、二日か三日分の稼ぎにはなったはずである。

あっと言う間に上客だ。店に座ったまま腰を上げなくても文句は言われない。卯之吉は物怖《ものお》じしない人柄なので、十年通いつめた客のような顔つきで、薄笑いを浮かべた。

菓子折りは銀八に持たせて、卯之吉は、出された渋茶をすすった。

そして、初めて気づいた――みたいな顔をして、店の奥の壁に張られた御札に目を向けた。

「宗旨がえをなさいましたかね」

升左衛門は「えっ？」という顔をした。

「なぜ、そのように仰せで？」

「だって、ほら」

　神棚の御札を目で示す。

「あの御札は良く目立つよ。紙がまだ新しくて真っ白だからだ。正月に神社で受けてきた御札なら、そろそろ煤《すす》けてくる頃合いだよ。御札が真っ白ってことは、つい最近受けた御札だってことだから、近ごろ宗旨がえをなさったのかと思ったのだけれどね」

　升左衛門は、やや、困った様子で微笑した。

「舌だけでなく、目も鋭い若旦那様でございますな。いかにも最近、授けていただいた御札にございます」

「ほう。良く効く御札かえ」

「それはもちろん。たいそう評判の高い、山伏様の験《げん》の籠《こ》もった御札でございますから」

「ほうほう。どちらの山伏様ですかね」

「世間に名高い、金剛坊様にございますよ」

「ああ！　あの評判の高い」

「はい。たいそう験力に優《すぐ》れた行者様にございます」

升左衛門は御札に向かって手を合わせた。

どうやら、寅三が調べてきた話に間違いはなかったようだ。この升左衛門が、人買いの次郎兵衛に攫われた娘の父親なのに違いない。御札に向かって手を合わせる顔は悲痛そのものであった。

一方、卯之吉は、関心をそそられたという顔つきで身を乗り出した。

「あたしもね、金剛坊様に商売繁盛を祈念していただこうと思ってたところなのさ。どんな山伏様でしたかね」

「それはもう……。お姿からして尋常ではなく、見つめられているだけで、心の底まで覗きこまれるかのような……」

「ほうほう」

卯之吉は、根掘り葉掘り、金剛坊の様子を訊き出した。

「それで、いったい何を祈禱していただいたのですね？」

知っていながら訊ねると、案の定、升左衛門は表情を曇らせた。

「それにつきましては、ちょっと……」

「ああ、そうだろうね。立ち入ったことを訊いた。で、噂に名高い金剛坊様の千里眼のご託宣《たくせん》は、すぐにも下るのかえ」

「いいえ、すぐというわけでは……。五日後に――つまり明後日《あさって》ですが、また来るようにと言われました。その時にご託宣を頂戴することになっております」

「明後日か。うん、そうかえ。何をお願いしたのか知らないけれども、良いご託宣が下ることを祈っておりますよ」

卯之吉は腰を上げた。

「それじゃあ、あたしはこれからご老中様のお屋敷にお見舞いに行って来るからね」

升左衛門は三和土《たたき》に下りてきた。

「どうぞ、紅梅堂の名を、ご老中様のお耳にお届けくださいますよう、お願い申し上げます」

卯之吉は升左衛門に見送られて、下富坂町を後にした。

「銀八、聞いたかい。明後日だよ。ちょっと忙しくなってきたね」

銀八は、何を意図して卯之吉が紅梅堂に乗り込んだのか、まったく理解できていない。

その銀八に卯之吉が命じた。

「八丁堀のあたしの屋敷に寅三さんを呼んでおくれ。いや、お前が行くより町飛脚を使ったほうが早いね。飛脚屋に言伝《ことづて》を頼んできておくれな。あたしは先に、八丁堀に戻っているからね」

卯之吉より先に寅三のほうが八丁堀に着いてしまいそうだけれども、言われた通りに銀八は飛脚屋へ走った。

卯之吉が屋敷に戻ると、案の定、寅三が痺《しび》れを切らした様子で待っていた。

卯之吉は寅三に小判を大量に預けると、何事か、小声で耳打ちした。

五

その日の夜も、卯之吉は深川の遊里に繰り出した。

二階座敷の窓の向こうには、深川八万坪と呼ばれた湿地帯が広がっている。その原野を開削して作られたのが木場だ。

卯之吉は手摺《てす》りから身を乗り出して、木場に目を向けている。

「松明《たいまつ》が灯《とも》っていますねぇ。夜なべ仕事ですか。精の出ることです」

座敷には源之丞がドッカとあぐらをかいている。

「江戸の者は皆、働き者だからな」

「あたしは違いますよ」

「わかってるよ」

呆れたように言って、盃をあおった。

卯之吉は懐から金唐革《きんからかわ》の巻かれた筒を取り出した。

金唐革とは、皮をプレスして凹凸《おうとつ》をつけ、金箔《きんぱく》を押す加工皮革のことをいう。八代将軍吉宗《よしむね》が蘭書の輸入を解禁したところ、金箔押しの革で表装された洋書が大量に輸入されてきた。その豪華さに日本人は感銘を受けた。金唐革は高級な船来物の象徴として、日本人の心をとらえたのだ。

卯之吉は金唐革の筒をスルスルと伸ばすと、片方の目に当てた。

「なんだいそいつは」

源之丞が関心を示す。卯之吉は片目を瞬《しばたた》かせながら答えた。

「遠眼鏡《とおめがね》でございますよ」

「なんだってそんな物《もん》を持っていやがる」

「さる西国のお大名様が、借金の質草に置いてゆかれたのですよ」

「借金の形《かた》として、巻き上げちまったってことかよ」

「子供の頃、あたしが気に入って遊んでいましたらね、お祖父様が、くれたのですよ」

大名家が泣く泣く質草として置いていった家宝を、幼い孫にあげてしまう。当時から徳右衛門による卯之吉への可愛がりようは常軌を逸していたようだ。

「何か見えるかい」

「いけませんねぇ。玉が曇ってしまったみたいだ。鏡と同じで、たまに磨かないといけないのでしょうかねえ」

卯之吉は遠眼鏡をしまった。源之丞は豪気な性格なので、遠眼鏡のような〝子供の玩具〟には関心がない様子であった。

そこへ噂の徳右衛門がやってきた。慌ただしげに座敷に乗り込んでくる。

徳右衛門は卯之吉の姿を見るなり、びっくり仰天した。

「八巻様、そのお姿は……！」

なぜ同心の格好をしていないのか、と、驚き、また、嘆く気配を見せた。

ここで徳右衛門に騒ぎ立てられると、三国屋の放蕩《ほうとう》息子の卯之吉と、南町の同心の八巻が同一人物だと知られてしまう。銀八は慌てて徳右衛門の袖を引いて、芸者たちには聞こえぬ小声で囁《ささや》き掛けた。

「隠密廻同心のお役目にございますよ。変装をなさっておいでなのです！」

大嘘をついて誤魔化した。徳右衛門は、

「あっ、左様でございましたか」

と、即座に納得した。座敷の下座に正座して、孫の姿をウットリと眺める。

「遊び人のお姿も、様になっておられますするなぁ……」

などと言っている。

（若旦那が同心になられる前は、毎日このお姿を見ていたではねぇのでげすか）

銀八はそう思ったのだけれども、黙っていた。

「おい、人払いだ」

源之丞が気を利かせて命じた。殿様育ちなのに、卯之吉などよりよっぽど常識を弁《わきま》えている。

芸者たちが下がり、静寂が戻った座敷に卯之吉は座り直した。

「それで、お上のご意向はいかがでしたか」

徳右衛門も座敷の真ん中に寄ってきた。大きな声では語ることのできない話題なので、膝と膝とを付き合わせなければならない。

「八巻様に申し上げますする。この三国屋徳右衛門、八方手を尽くしましたが、柳営が大掛かりな普請を企図しておられる、などという話は、まったく聞こえては参りませんでした」

源之丞も頷いた。

「うちの江戸家老も、何も知らないと言ってたぜ」

卯之吉は首を傾《かし》げた。

「なのに、あんなにたくさんの柱や丸太が集められている……。これはいったいどういうことなのでしょうね」

「八巻様」

徳右衛門がさらに膝を進めてきた。

「どうやら、材木を集めておられるのは、ご老中の松平相模守様だとわかりました」

「松平相模守様？」

卯之吉は良く知らない。

「吉原や深川では、お聞きしないお名前ですねぇ」

「当たり前だ」

源之丞が呆れた。

「仮に吉原や深川に乗り込んで来たとしても、お忍びに決まってる。名前を吹《ふい》聴《ちょう》したりするもんかよ」

「八巻様。相模守様は、本多出雲守様の次代を担う——と、下馬評も高い御方でございますよ」

「ほう、そんな下馬評が囁かれていますか」

江戸城の大手門には、大きく『下馬』と墨書《ぼくしょ》された札があり、これより先は大名であっても、馬に乗って進むことはできない。それゆえ大手門は下馬門とも呼ばれた。

江戸城表御殿に登城する際、大名たちは大手門前までお供の家臣団を引き連れて行くが、ここから先は一人で御殿に入る。江戸城御殿には（特別に呼ばれた場合を除いて）家老ですら、入ることは許されないからだ。

諸大名家の家臣たちは、下馬門の前で主君が戻るのを待つ。暇を持て余した家臣たちが大勢集まっているわけで、雑談にも花が咲く。特に柳営の出世争いについては熱心に語り合い、評し合った。あるいは大名行列を見物に来た町人たちも、無責任な憶測を飛ばしあう。これらを〝下馬評〟という。なにしろ大名たちはみんな必死に情報を集めているので、下馬評はかなりの確度で正鵠《せいこく》を射ることができたという。

卯之吉は首を傾げた。

「そんな御方が、材木を買い集められておられるのですか」

「左様にございまする。ですが、その材木で何を建てようとなさっておられるのか、さっぱりわからぬのでございます」

卯之吉はちょっと考えてから、質した。

「材木を集めるにしても、商人衆の力を借りねばならないでしょう。相模守様に賂《まいない》を贈っておられるのは、いずこの商人様ですかねぇ」

徳右衛門は即座に答えた。

「相模守様の権勢を支える金子《きんす》を出しておるのは、材木問屋の大和屋にございますよ」

「えっ。相模守様の御用商人は、大和屋光左衛門さんだったのですかえ」

卯之吉は「むむむ……」と考え込んだ。

「これはまずいね。金剛坊に信心しきっている光左衛門さんの目を、早く覚まして差し上げないことには……。ご公儀に何かあってからでは遅いですよ」

徳右衛門は目を剝いた。

「柳営に何かが起こると仰せなのですか！」

「それはまだわかりません。光左衛門さんの目を覚ますことができれば、光左衛門さんが教えてくれるかも知れませんせん」

卯之吉は徳右衛門に目を向けた。

「お祖父様。お骨折りではございますがね、お上のためです。一肌脱いでやっていただけませんか」

「八巻様の御下命とあれば、この三国屋徳右衛門、たとえ火の中水の中、喜んで飛び込む覚悟でございますよ」

「大和屋光左衛門さんは、放蕩者のあたしの顔を見知っていますからね。うちの改築をした時に顔を見られている」

「ははぁ……、八丁堀のお屋敷を改築なさったのですか」

「いえいえ。〝うちの〟と言ったのは……、まぁその話はどうでもいいです。そういう次第で、あたしが大和屋さんに乗り込むわけにはいかないのです」

「この三国屋徳右衛門めが、ご名代《みょうだい》として、大和屋に赴《おもむ》くと……」

「そういうことです」

「ハハッ！　この身の果報にございまする！　老骨に鞭《むち》打って、暴れて見せる覚悟にございまする！」

平伏した徳右衛門を、呆れ顔で源之丞が見ている。

「大丈夫なのか、この爺様」

銀八に小声で訊ねたのだが、銀八には、なんとも答えようがなかった。

第六章　大捕物《おおとりもの》

一

　二日後の朝、卯之吉はあくびを噛み殺しながら、八丁堀の自宅の、火鉢の前に座った。

　世間はとっくに春の装いなのだが、卯之吉はいまだに火鉢から離れられない。ほっそりとした身体《からだ》は極端に寒さに弱いのだ。

　美鈴がお櫃《ひつ》を抱えて入ってきた。卯之吉の前に膳を揃える。

「昨夜は、珍しくお出掛けではなかったのですね」

　卯之吉は「うん」と答えた。

「今日は、大きな捕物になるかも知れないですからねぇ」

などと言いつつも、明け方に眠り昼過ぎに起き出す習慣を変えられるはずもない。眠そうな顔で、また大あくびをした。

美鈴はお櫃の横に座って、茶碗に飯を盛っている。

「わたしは、なんのお役にも立っていないのですけれど……」

卯之吉は、また「うん」と頷《うなず》いた。

「今度の敵は、あたしたちのことを詳しく調べ尽くしているようでしてね。荒海一家の皆さんのことはもちろん、美鈴様のお顔も、きっと見憶《みおぼ》えられているはずですよ」

「でも、浅草寺の奥山では……」

美鈴の目の前で事件は起こった。

「笠を深く被って、面相をお隠しだったので、向こうも気がつかなかったのでしょうね。それに美鈴様は――」

突然、台所に控えていた銀八が「うわわああ！」と大声を張り上げた。

「どうしたえ銀八。驚くじゃないか」

卯之吉が目を向ける。銀八は、

「いえ、なんでもございません」

と誤魔化した。

卯之吉は「美鈴は男装すると、とても女人には見えない」というようなことを口走ろうとしたのに違いないのだ。卯之吉のことである。悪気はまったくないのだが、そんなことを言われてしまったら美鈴が傷つく。傷つくだけならまだしも、どんな大暴れを始めるか、わかったものではない。

（まったく、油断も隙《すき》もないでげす）

銀八は手拭《てぬぐ》いで額の汗を拭った。

「御免よ。若旦那はいるかい」

一人の若衆役者が台所に飛び込んできた。春らしい装いの、花柄の振り袖を着ている。

「由利之丞《ゆりのじょう》さんが来たでげす」

銀八が迎えるのと同時に、座敷から、

「あがっておくれな」

卯之吉の声がした。

「じゃ、遠慮なく上がらせてもらうよ」

由利之丞は足を濯《すす》いで座敷に向かった。

「若旦那——ああ、朝餉《あさげ》の最中だったのかい」

障子越しに座敷を覗いて、由利之丞はそう言った。普通は廊下に膝を揃えてから挨拶《あいさつ》をするものだが、由利之丞はどういう育ち方をしたのか、礼儀作法を心得ていない。それでも顔が可愛いから許されてしまう。

卯之吉も礼節などは気にかけない放蕩《ほうとう》者なので、いい加減な口調で受けた。

「お腹が空いているのなら、食べておいきなさいまし」

「いいのかい？」

由利之丞はすっかりその気で入ってきて、ご相伴《しょうばん》に与《あずか》る顔つきで座った。

仕方なく美鈴はもう一つ膳を持ってきて、由利之丞の前に据えた。

「どうぞ召し上がれ」

御飯を盛った茶碗をのせる。由利之丞は自分の茶碗と卯之吉の茶碗を見比べた。卯之吉の茶碗の白米は巨大な山盛りになっている。自分の茶碗には七分ほどしか飯が盛られていなかった。

「美鈴様、ちょっと座を外してくださいますか。御用の話なのでしてね」

「はい」

美鈴が台所に向かい、戸を閉めたと同時に卯之吉は、互いの茶碗をサササッと取り替えた。

「いいのかい？」

由利之丞が空遠慮をする。

「いいのですよ。食べちゃってください」

「じゃあ、いただくよ」

由利之丞は小柄で細身の体格なのに、やたらと大飯食らいだ。かぶりつくようにして飯を食らい始めた。

「それで、どうでしたかね。大和屋さんのご様子は」

「あ、うん」

由利之丞は口の周りについた米粒を指で取って口に入れながら答えた。

「若旦那のお指図に従ってさ、オイラの仲間の芝居者たちを張りつかせてるけどね、なるほど、確かに怪しい連中が、五人ぐらいで店の周りを見張っている様子だね」

ドロ松の一件で判明したように、荒海一家の子分衆を使うことはできない。卯之吉は、由利之丞の仲間の売れない役者たち（当然に暇を持て余している）の力を借りて、大和屋の様子を探らせたのだ。

「どうして、怪しいと見抜きましたかね」

由利之丞は増長しきった顔をした。

「オイラたちは芝居の玄人《くろうと》だよ？　素人《しろうと》の芝居を見抜けないでどうするよ、って話さ」

「なるほど。そういうものですかね」

「悪党面《づら》で下手な芝居をしているから、かえって目立つのさ。昼間は雪駄直《せった》しや水売り。夜中には夜泣きそばと茶飯売りが、大和屋さんの店の前に張りついてる。他にも、同じ顔のヤツが、唐がらし売りや托鉢の坊さんに化けて何度も通ったよ」

「なるほど。お手柄ですねぇ」

「それで、次はどうするんだい」

「そのお人たちの人相を、荒海一家の皆さんに伝えておいてください」

「とっ捕まえるのかい」

「そういうことになるのでしょうかね」

「わかったよ」

由利之丞は物言いたそうな目で卯之吉を見た。卯之吉は懐から財布を出して、小判を五枚、由利之丞の手に握らせた。

「お仲間にも分けてあげてください」

「もちろんさ。それじゃあ、ごちそうさま」

由利之丞は茶碗と箸を置くと、走り出ていった。

由利之丞を見送ってから、美鈴が座敷に戻ってきた。

「あっ、今朝は、綺麗《きれい》にお食べになったのですね！」

卯之吉の茶碗が空っぽになっている。もちろん、再び取り替えた後だ。

卯之吉は素知らぬ顔つきで頷いた。

「ええ。ごちそうさまでした」

二

下富坂町の菓子屋、紅梅堂の升左衛門と、その妻のおしまは、金剛坊との約束を守って、昼八ツ（午後二時ごろ）に大和屋を訪れた。

「ようこそお越しくださいましたな」

大和屋光左衛門が出迎える。

升左衛門は大名屋敷に出入りの菓子商人だ。光左衛門自らが応対のために店先にまで出てきたのだ。ドロ松とは扱いが違う。

升左衛門は恐縮した様子で頭を下げた。

「大和屋さんのお商いとは関わりもない話でございますのに……。さぞご迷惑なことにございましょう」

光左衛門は首を横に振った。

「手前も最前、浅草寺で娘と生き別れになりかけまして、金剛坊様の有り難いご祈禱《きとう》で見つけ出していただいたばかりにございます。お子様と生き別れになった紅梅堂さんのお気持ちは、痛いほどわかるのでございますよ。ご遠慮などご無用に願います」

「恐れ入ります」

「それに、手前は金剛坊様に帰依《きえ》しきっているのでございましてね。あなた様が金剛坊様をお頼りになり、訊《たず》ねてきてくださったことが、なによりも嬉しいのでございます。我がことよりも嬉しい」

升左衛門と、その内儀とすれば、娘の行方が知れるかどうかの大事な時で、光左衛門と呑気に挨拶をしている場合ではない。焦《じ》れた様子を隠しきれずに顔に出す。それに気づいたのか、光左衛門が、

「それでは、ご祈禱所にご案内いたしましょう」

そう言って、手のひらを店の奥に向けた。

升左衛門は首を傾《かし》げた。

「お堂ではございませぬのか」

「大事なご祈禱は、座敷でなさりたい、との、金剛坊様のお言葉でございましてね。それに今日は、近在の商人衆も、お集まりなのですよ」

「えっ、それはなにゆえ」

「皆々様は金剛坊様の信徒にございます。祈禱が首尾よく運ぶように、我らも祈禱に参列させていただくのです」

奥から一斉《いっせい》に、真言《しんごん》を唱える声が聞こえてきた。

「さぁ、どうぞどうぞ」

不気味な笑みの光左衛門が先に立つ。升左衛門とその内儀は、顔を見合わせたけれども、ここまで来て帰るつもりはない。光左衛門に続いて奥に進んだ。

大和屋の奥座敷は、庭に面した障子が外されて、代わりに板戸が嵌《は》められていた。光左衛門が板戸を開ける。板戸は光を透さないので座敷の中は当然に暗い。闇の中に黒々とした人影が数人、座っているのが見えるばかりだ。信徒となった商人たちに違いない。声を合わせて真言を詠唱している。荘厳といえば荘厳。異様といえば異様な光景であった。

座敷のいちばん上手《かみて》には、不動明王像を安置した須弥壇《しゅみだん》が築かれていた。像の正面は護摩《ごま》壇で、炭火の入った炉が置かれている。天井には金箔《きんぱく》が押された天蓋が下げられていた。

庭のお堂から屋内に、護摩壇が移されたのである。庇《ひさし》を貸して母屋を取られるという格言そのままなのであるが、光左衛門がこの危うさに気づいているのかどうかはわからない。

「さぁ、紅梅堂さん、お内儀さん、真ん中にお座りください」

二人は恐る恐る、座敷の真ん中に座った。正面から不動明王像に睨《にら》みつけられている。

「あなたがたの娘様を見つけ出すための加持祈禱にございまするぞ！　さぁ、真言をお唱えなさいまし！」

一縷《いちる》の望みを託して金剛坊を頼った身だ。否やはない。二人は教えられたとおりに、真言を唱え始めた。

「なうまくさんまんだ、ばざらだん、せんだ……」

一心不乱に唱え続けていると、見知らぬはずの商人たちと、心が一つになったような心地がしてきた。そのうち本当に、不動明王と一体化したかのような気分になってきた。

金剛坊が入ってくる。須弥壇にどっかりと座った。挨拶を交わすことはない。皆は無心で真言を唱え続けている。

金剛坊が炉に護摩木を投げ込み始めた。橙《だいだい》色の炎が立ち上り、火の粉が天井に吹き上がり始めた。

火事が重罪のこの江戸において、屋内で火を燃やすなど、正気の沙汰ではない。

しかしこの場の誰一人として、異を唱える者はいなかった。皆で恍惚《こうこつ》となって炎を見つめている。天井に燃え移りそうではあったが、案じる者など一人もいなかった。金剛坊の験力《げんりき》があるかぎり、火事になるはずがない。皆でそう信じきっていたのであった。

金剛坊は真言を唱えながら、法具の油を護摩杓ですくって炎にくべた。

香油の煙が座敷にたなびいて、信者たちはますます陶酔しきった。

そして唐突《とうとつ》に、金剛坊が吠えた。

「見えた！　拙僧の千里眼に、紅梅堂夫婦の、娘ごの姿が映ったぞ！」

升左衛門と内儀が顔つきを変えた。

「金剛坊様！　娘は無事なのですか……！」

金剛坊は護摩壇の座所で大きな体軀《たいく》をグルリと巡らせると、二人に向かって頷き返した。

「娘ごは無事じゃ」

内儀が身を乗り出した。

「どこに、いるのでございますかッ……！」

金剛坊は瞼《まぶた》など閉じて、やや勿体《もったい》をつけてから答えた。

「上州、倉賀野宿じゃ」

なぜ、そんな所に、などとは誰も思わなかった。金剛坊の言うことは絶対なのだ。

「娘ごは、この五年もの歳月、ずっと親の助けを待っておったのだ。すぐに駆けつけてやりなさい」

升左衛門とその内儀は「ハハーッ」と平伏し、それから互いに手を取り合った。すでに娘を見つけることができたかのように喜び合った。

と、その時であった。

廊下のほうからドタバタと、慌ただしげな足音が聞こえてきた。

「なんだね、ご託宣が下りた、大事な時だってのに……」

大和屋光左衛門が皆に対して申し訳なさそうな顔をする。

板戸が開いて、大和屋の番頭が入ってきた。深刻な顔つきで光左衛門に歩み寄って、耳打ちをした。

「三国屋の徳右衛門様が、押しかけて来られまして……」

主人だけに伝えるささやき声のはずなのに、何故か、この場の全員の耳に届いた。

「三国屋だと？」

真っ先に顔色が変わったのは金剛坊だ。三国屋徳右衛門の登場に、南町の同心、八巻の影を感じ取ったのに違いない。

光左衛門も慌てた。

「お断りしなさい――」と命じかけたその時、

「皆さん、お集まりですな」

徳右衛門が傲然《ごうぜん》と踏み込んできた。

「これはこれは大和屋光左衛門さん。我が家の改築の際にお宅で揃えた柱は、昨今ますますの風格をみせておりますよ。さすがは大和屋さんに取り寄せてもらった柱だ。老舗の品は違うと、我が家にお立ち寄りのお客様がたも、感心しきりでございます」

などと褒《ほ》め称えながら、断りもなく座った。商人らしく礼儀正しい姿だが、顔つきは傲慢で不遜を絵に描いたよう。意味ありげな笑みを口許に含んで、光左衛門の顔をジロジロと見ている。

光左衛門としても、三国屋は高価な柱を買ってくれた上客だ。目の前に座られてしまったら「帰ってくれ」とは言い難い。

徳右衛門は集まっている商人たちにも目を向けた。

「江戸でも有数の大店《おおだな》のご主人がお集まりですな。金子《きんす》の都合にお困りのことがございましたら、いつでも三国屋にご相談くださいましよ」

徳右衛門は江戸一番の金貸しでもある。商人たちはやはり、無体《むたい》な物言いをしかねて、目を背けた。

徳右衛門はますます人の悪そうな笑みを見せた。

「お集まりの皆様の顔ぶれをよく見れば、松平相模守様にお心を寄せる御用商人の皆様ばかり。手前がここに来るのは、いささか場違いでございましたかな」

ついに光左衛門は堪《たま》り兼ねた顔つきとなった。

「いったいどういうご了簡にございますか！　ここは金剛坊様のご祈禱所にございますよ！」

「金剛坊様？」

徳右衛門は、あえて全く無視しきっていた山伏に目を向けた。（そこにいることに初めて気づいた）という顔をした。

「ああ、こちらが金剛坊様……。千里眼の持ち主だとの評判の」

金剛坊も知らぬ顔をしている。あるいは、徳右衛門の振る舞いに八巻の企《たくら》みを感じ取り、混乱して言葉も失くしているのかも知れない。

代わりに光左衛門が憮然として答えた。

「いかにもそのとおりにございます！　験力比類のない修験者様でございますぞ！　無礼があってはなりませぬ。罰が当たりましょう！」

「それは恐ろしい」

徳右衛門は、しれっとして答えた。

「しかしですね大和屋さん。このお江戸で千里眼の持ち主といったら、もうお一《ひと》方《かた》、大事な御方がいらっしゃいます。それをお忘れではございませんかね」

「何を仰《おつしや》っているのです」

「南町の八巻様でございますよ」

徳右衛門はニヤリと笑った。

「このお江戸には八巻様がいらっしゃいます。八巻様こそ江戸の町の護《まも》り本尊。八巻様を差し置いて、どこの流れ者とも知れぬ山伏を頼りになさるとは、江戸の商人とも思えぬ所行にございまするなぁ」

放蕩者の孫を、金の力で同心にしてしまった張本人でありながら、本気で卯之吉を江戸一番の辣腕《らつわん》同心だ、などと信じきっているのが、徳右衛門の不思議なところだ。

それはさておき、金剛坊のことを流れ者の山伏呼ばわりされた光左衛門は、自分の悪口を言われた以上に激怒した。

「なんという物言い！　いかに三国屋さんでも、許してはおけませぬぞ！」

徳右衛門を睨みつけた後で、（なにか言ってやってください！）とばかりに金剛坊にも目を向けた。

ところが金剛坊は、動揺を隠しきれずに視線を泳がせている。腰の据わりが悪い。（逃げ出すべきか）と思案しているからなのだろう。

徳右衛門はますます意地の悪そうな笑みを浮かべた。

「そうまで仰るのであれば、どうです。八巻様と、そこの山伏とで、千里眼の験力比べをなさっては」

光左衛門が目を見開いた。

「験力比べですって？」

徳右衛門は紅梅堂夫婦にも顔を向けた。

「先ほど、お店で聞かせてもらいました。行方知れずの娘様をお探しだとか。立ち聞きをするつもりはなかったのですがね、そちらの山伏の胴間声《どうまごえ》が、よく通るものですからね」

紅梅堂夫婦は、どうしたものかわからずに、茫然としている。

徳右衛門はニヤッと笑った。

「そちらの山伏のご託宣では、娘様は今、上州の倉賀野宿にいる、とか」

紅梅堂夫婦のみならず、その場の全員が頷いた。下の座敷に集まっている商人たちも固唾《かたず》を吞んで見守っている。

「ところが、八巻様の千里眼には、別の場所においでの、娘様の姿が映っているとのことでございましてね」

「ええっ」

紅梅堂夫婦が二人揃って声を上げた。

升左衛門が膝でにじり寄ってきた。

「どこですッ？　娘はいったい、どこにいると仰《おお》せなのですか！」

徳右衛門は今度は一転、恵比寿様のような笑顔となって、胸を張り、大きく頷き返した。

「この江戸です」

升左衛門が仰天する。内儀が金切り声を上げた。

「江戸に！　おちかは、江戸にいるのですか！」

たまらず金剛坊が叫んだ。

「嘘を申すな！」

「嘘ではないよ」

徳右衛門は山伏を悪党と見てとって、ぞんざいに言った。

「嘘をついているのは、お前のほうだね」

大和屋光左衛門は取り乱している。

「三国屋さんッ、なにを証拠に――」

「ならば証拠をお見せしましょうかね。ほら、そこまで娘さんが来ていますよ」

板戸が大きく開けられた。廊下には、一人の娘と寅三が立っていた。

娘は、自分がどうしてここに連れてこられたのかわからない――という顔をして、皆の顔を順番に見た。その目が母親の顔を捉えたのと、

「おちかッ！」

母親が絶叫して駆け寄ったのとが同時であった。

「おっかさん！」

「おちか！　本当におちかなんだね！」

母と娘が互いを抱きしめあう。滂沱《ぼうだ》の涙を流し始めた。升左衛門も二人を抱きしめ、男泣きに泣きだした。

「いかがですかね、大和屋さん。その山伏は、娘は倉賀野宿にいると言った。しかしその娘は、あたしたちの目の前にいるじゃあございませんか」

「ど、どういうことです……？」

「これが八巻様の千里眼ですよ。八巻様は何もかもお見通しなのです」

金剛坊に眼を向ける。

「その山伏の、いかさまのタネをお聞かせしましょうかね。その山伏と、紅梅堂さんの娘を攫《さら》った悪党とは、一味同心だったのですよ」

「ええっ」

光左衛門のみならず、商人たち全員が声を上げた。

「どういうことですか三国屋さん！」

「あたしたちは騙されていたのですか！」

などと、暗がりの中で叫んでいる。

「しかし！」と抗弁したのは大和屋光左衛門だ。

「験力で手前の娘のお重を見つけ出してくださったことだけは、間違いございません よ！」

「それも、いかさまなんですよ」

徳右衛門は白々しげに答えた。

「その山伏の仲間の女が、あなたの娘を攫って、隠しておいたのです。どこに隠すかは最初に取り決めてある。だから言い当てることができたのです」

光左衛門はうろたえて、首を左右に振った。

徳右衛門はさらに駄目を押した。

「仲間の女悪党は、すでに八巻様がお縄に掛けていらっしゃいますよ」

徳右衛門はスックと立ち上がって金剛坊を睨みつけ、決めつけた。

「もう、言い逃れはできませんな！　観念なさい！」

「畜生ッ！」

金剛坊が護摩壇を蹴散らしながら立ち上がった。庭に面した板戸に向かって突進し、太い足で蹴り破った。

庭の陽差しが暗い祈禱所に差し込んでくる。そのまま遁走《とんそう》しようとした金剛坊であったが、ギョッとして足を止めた。

「神妙にしやがれッ」

庭にはすでに、荒海一家の子分衆が、六尺棒などの武器を手にして待ち構えていたのだ。

荒海ノ三右衛門が庭の真ん中に仁王立ちしている。

「やいっ、悪党！　長々と泳がせてきたが、それも今日までだ。八巻の旦那のお許しがやっと出たぜ！　これからお縄に掛けてやるから覚悟しろッ」

「なんだとっ」

「八巻の旦那は手前《てめ》ぇの悪事を、とっくの昔に見通していなすったのよ！　やいこの悪党！ 本物の千里眼と張り合おうなんざ、百年早いぜ！」

金剛坊は歯嚙みした。

「こうなっちまったら仕方がねぇ！ 野郎どもッ、出てこいッ」

叫んだけれども、何者も姿を見せない。三右衛門は再び高笑いをした。

「手前ぇの仲間はみんな番屋にぶち込んでやったぜ！ そうとも知らずに、いかさま真言を唱えて得意気になりやがって、とんだお笑い種《ぐさ》だぜ！」

「おのれッ、ならば俺一人だけで暴れてやらぁ！」

金剛坊は庭に飛び下りた。三右衛門も「やっちまえ！」と叫んだ。

荒海一家の子分たちが六尺棒を揃えて突進する。

「たあっ！」

若い子分が六尺棒を突き出した。

「ムウンッ！」

金剛坊は棒の先端を片手で摑《つか》むと、なんと、力任せに奪い取った。

「うおりゃあッ」

奪った棒で逆に子分を打ち据える。子分は「ぎゃっ」と叫んで転倒した。

それからはもう、金剛坊の独壇場である。六尺棒を大車輪に振り回して暴れ回った。取り囲んでいるはずの子分たちが、押されて逃げまどう始末だ。

死に物狂いの金剛坊はまるで野獣であった。巨体と怪力を活かして、子分たちを叩きのめし、はね飛ばし、蹴り倒した。

「くそっ、手に負えねぇ！」

三右衛門も焦りの色が隠せない。

「あんな化け物、とてもじゃねぇが、取り押さえられっこねぇ！」

その時であった。人間が立ち向かうようなものだ。

熊を相手に、人間が立ち向かうようなものだ。

その時であった。徳右衛門が「フフフ」とほくそ笑みながら縁側に出てきた。

「そこまでですよ。大人しくしていただきましょうか」

金剛坊に向かってのたまう。

徳右衛門が懐から取り出した物を見て、荒海ノ三右衛門が仰天した。

「それは、短筒《たんづつ》！」

徳右衛門はニヤニヤと微笑《ほほえ》みながら、筒先を金剛坊に突きつけた。

「大人しくしないと、お身体に風穴が開きますよ」

これにはさしもの金剛坊も身動きできない。

「くそうッ、飛び道具とは卑怯な！」

徳右衛門は勝ち誇り、実に嫌らしい笑みを浮かべた。

「手前のような商人は、常にこうした用心が必要でございましてね。フヒヒ。さぁて。武器を捨てていただきましょうか」

その時、どこからか飛来してきた礫《つぶて》が短筒を握る徳右衛門の手を直撃した。

「あっ」

短筒は空を向いて暴発した。

庭の生け垣の向こうに人影が見えた。それは早耳ノ才次郎であったのだが、徳右衛門はその顔も名前も知らない。

暴発の騒動に紛れて、金剛坊は荒海一家の包囲を切り抜け、塀を蹴倒して走り去った。

「待ちやがれッ」

荒海一家の子分たちが後を追う。三右衛門も寅三も、駆けていった。

大和屋の庭と座敷には、商人たちだけが残された。

「おお、痛た……」

徳右衛門は礫を当てられて赤くなった手の甲を摩《さす》りながら、目で庭の様子を窺《うかが》った。礫を投げつけてきた相手も、一緒に逃げた様子であった。

大和屋光左衛門が恐る恐る、歩み寄ってきた。

「三国屋さん、金剛坊様は、本当にいかさま山伏だったのでございますか……」

まだ半信半疑。心のどこかでは信じていたい、という顔つきだ。

徳右衛門は商売以外に関しても至って冷酷な男である。

「金剛坊が逃げ出したのを見れば、一目瞭然でしょうに。疚《やま》しいことがないのであれば、逃げたりはいたしませんよ」

「ですけどね、手前は――」

光左衛門は記憶をたぐりながら食い下がる。

「金剛坊様が深川で、火事が起こるのを言い当てた時にも、立ち合っていたんです」

「ほう?」

徳右衛門はちょっと考えてから、答えた。

「それは付け火でしょう」

「えっ……」

「金剛坊の験力は、みんなまやかし。タネも仕掛けもあることですよ。仲間がいて、付け火をしたんでしょうね」

途端に、何に思い当たったのか、光左衛門の面相から見る見るうちに血の気が引きはじめた。しまいには蠟《ろう》のように真っ白になった。

仲間の商人たちも血相を変えて詰め寄ってくる。

「大和屋さん、もしも三国屋さんの仰っていることが本当なら……！」

「これは、とんでもないことですよ！」

「とんでもない悪事に、巻き込まれちまったんじゃないのかね！」

商人たちは口々に叫ぶ。誰が何を言っているのかわからないほどに全員で喚《わめ》き散らした。

徳右衛門は皆をジロリと睥睨《へいげい》した。

「ところで、皆様がたは、材木の買い占めに精を出しておられるご様子ですが、いったいその材木は、どういうおつもりで買い集められたものなのですかね」

商人たちの顔色はますます悪い。

光左衛門は、

「あの時の火事が付け火だったのだとしたら……。まさか今度も付け火を……」

などと、目の焦点も合わぬ顔つきで呟《つぶや》いている。

徳右衛門は光左衛門のことは無視して、周りの商人たちに目を向けた。

「皆さんは、金剛坊と組んで、いったい何をなさっていたのです？　お役人様にお知らせしたほうが良いのではございませんか？」

商人たちは一斉に下を向いた。徳右衛門は子供に言い聞かせるような口調で続けた。

「南町の八巻様なら、けっして皆様の悪いようにはなさいませんよ。八巻様は情の厚い御方です。それに八巻様は、筆頭老中様の、本多出雲守様ともご昵懇《じっこん》。八巻様を通じて本多出雲守様にお伝えすれば、きっと善処をして下さいます」

いちばん年嵩《としかさ》の、白髪頭の商人が、ゴクリと唾を呑んでから、皆を見渡した。

「まだ何も起こっちゃおりません。今ならまだ間に合う。ここは八巻様のお力を頼るしかない。八巻様におすがりしよう」

一同は一斉に頷いた。

三

「八巻の手下が大和屋に乗り込んできたやと？」

大津屋宗龍が、元から大きな目をギョロッと剝《む》いた。

隠れ家の座敷で、金剛坊が大きな身体を面目《めんぼく》なさそうに縮めている。

宗龍は「カッ」と喉を鳴らした。

「八巻の手下に追われて、ここに逃げ込んで来よったんか！　後を追《つ》けられたらどないする気や！」

「追けられていないことは、何度も確かめた」

「どうして繋《つな》ぎを使わなかったんや」

「お前が大和屋に張りつけておいた見張りは、みんな八巻の手下に捕まってしもうたわい！」

「なんやて」

「もう終わりだ。急いで逃げねばなるまい！　そう思って報《しら》せに来たのだ！」

「南町の八巻……本物の千里眼の持ち主なんやろか……」

金剛坊は首を横に振った。

「違う。お仙が、八巻に捕まっておったのだ」

「かどわかし役のお仙か！　大川に落ちて死んだ――と、いうんは、わしらを油断させるための嘘やったのか！」

宗龍は金剛坊の襟を掴んで揺さぶった。

「この阿呆！　勝手な真似をしくさるから、八巻に尻尾《しっぽ》を掴まれたやないか！」

「今はそんなことを言ってる場合じゃねぇ！」

悪党の常で、自分の失態は激怒で誤魔化す。金剛坊は宗龍の手を引き剝がすと、突き飛ばした。

「逃げるなら逃げる、別の手を打つのなら早く打つ、やいっ、なんとか言え！」

宗龍は茫然となっている。

「……なんちゅうこっちゃ」

「おいッ、しっかりしろ！」

金剛坊は宗龍の肩を摑んで揺さぶった。

「ちょっとばかり八巻に出し抜かれたぐらいでなんだ！　俺はこうして無事に戻ってきた！　八巻とて、鬼神ではないのだ！」

金剛坊は重ねて問い詰めた。

「これからどうするのだ。逃げるのか！　逃げるのならば早いに越したことはないぞ！」

悪党は、いかに強面《こわもて》であろうとも社会弱者だ。公権が迫ってきたなら逃げるしかない。

「逃げるやて……？」

宗龍がようやく目を上げて金剛坊を見た。

「そない惨《みじ》めな真似ができるか！　わしの名声に傷がつくわい！　ここまで手間と金をかけて仕組んだ策を放り出すことなんかできるか！　天満屋の元締にも、顔向けができんやろが！」

紅い血の気が満面に上っていく。

「悪党には悪党の信用いうもんがある！　八巻に小突き回されて、尻尾を巻いて逃げて来よった——なんていう評判が立とうもんなら、こっちの商売、あがったりや」

「それは俺とて同じことだが、しかし、くだらぬ意地など張らぬほうがよい。命あっての物種《ものだね》だぞ」

いつもとは真逆に、金剛坊のほうが賢者面をして諭《さと》した。

宗龍は「うん」とは言わなかった。

「まだや。まだ終わっとらん。八巻との勝負はこれからや」

「どうする気だ」

「取り決めたとおりに、火を放つ」

「本多出雲守の屋敷にか」

「そうだ。八巻は、お前のいかさまは見抜いたが、今度の策の全ては見抜いておらんはずや。出雲守の屋敷に火を放って、それがわしらの付け火だと露顕しなんだら、出雲守は仕舞いや。仮に露顕したとしても、その責めは、わしらに誑《たぶら》かされた松平相模守が背負うことになるんや」

宗龍はようやくいつもの調子を取り戻して、ニヤリと笑った。

「どっちにしても、江戸城の御殿は大騒動や。老中のどっちかが腹を切ることになる。この宗龍が黙って手を引くと思ったら大間違いやで。イタチの最後っ屁をブチかましたるわ！」

宗龍は腰を上げた。

「ほんなら始めるで。今夜、出雲守の屋敷に火を放つ」

金剛坊は首を傾げた。

「風向きは良いのか？　江戸を丸焼けにするためには風向きが肝心であろう」

「そんなことを言うとる場合やない！　火をつけたら、すぐ上方に逃げるんや！天満屋の元締への挨拶も後回しやで」

宗龍は座敷から走り出た。

四

日が落ちて、辺りは群青色《ぐんじょう》の帳《とばり》に包まれた。宗龍は、手にした提灯《ちょうちん》に火を入れた。

「ようし、行くで。ついて来《き》ぃや」

背後に目を向ける。荷車が三台、隠れ家の庭に連なっていた。大きな荷が載せられてあって、その上には布が被せられ、縄で縛られていた。

荷車を引くのは天満屋の元締が集めた小悪党たちだ。金剛坊も山伏の装束《しょうぞく》は脱ぎ捨て、車引きらしい袖無しの法被《はっぴ》姿となって梶棒《かじぼう》を握っていた。異相はほっかむりで隠している。

宗龍は悪党らしからぬ品のある面相だ。堂々と提灯を下げれば悪党一味には見えない。商家の主と売り物を運ぶ荷車に見える。

ガラガラと車軸を鳴らしながら中山道へ向かう。宗龍を先頭にして全員無言で西へ——本多出雲守の中屋敷がある番町へと向かった。

道の途中に辻番の小屋があった。辻番に詰めているのは町人の番太郎ではなく武士である。身分は近在の大名屋敷に仕える家臣であったり、旗本の家来であったり、様々だ。治安を守るようにと公儀に命じられて、道を見張っている。

「おい、そこの者、待て」

辻番から出てきた侍が居丈高《いたけだか》に呼び止めた。

宗龍はけっして逆らおうとはせずに、腰を屈《かが》めて頭を下げた。

侍はジロジロと宗龍を見た。

「商人か」

宗龍は「へい」と答えて、さらに深く低頭した。

「加賀町《かがちょう》に店を構える、大津屋と申します」

加賀町と番町とは江戸城を挟んだ反対側に位置している。番町の辻番が加賀町の商人を諳《そらん》じているはずがないと踏んだのだ。

侍は、三台の荷車と、そこに載せられた荷物を見た。

「日も暮れたと申すに、何を運んでおるのだ」

宗龍は恭《うやうや》しげに答えた。

「お武家様のお屋敷の普請で出た、木《こ》っ端《ぱ》や鉋屑《かんなくず》、おが屑などでございまする」

侍は荷台に寄って、被せられていた布を捲《まく》りあげ、荷を確かめた。

「なるほど、確かにそのようだ」

宗龍は上目づかいに侍の様子を探りつつ、言う。

「大工の衆が仕事を終えた後で、木屑を運び出すのが、手前どもの商いでございますので」

「そんな商売が成り立つのか」

「焚《た》き付けとして、湯屋や料理茶屋など、大きな竈《かまど》を使うお店に買っていただくのでございまする」

侍は「ふん」と鼻を鳴らした。

「江戸の商人は目敏《めざと》いものよのぅ。なんでも売り買いの種にする」

どうやらこの侍は、田舎大名の家来であったようだ。参勤交代で江戸に出てきたのであろう。

宗龍はわずかばかりの銭を懐紙に包んで、田舎武士の袖の下にそっと入れた。

「夜分のお役目、ご苦労さまに存じあげまする」

「うむ。通って良い」

袖の下さえ受け取れば満足して引き下がる。

宗龍は頭を下げると、

「さぁ、急ぎますよ」

荷車を引く男たちに命じて歩きだした。

大名屋敷は長い塀で囲まれている。上屋敷の塀は、家臣たちの長屋を兼ねていて（集合住宅が塀の代わりに敷地を囲んでいる）なかなかに堅牢なのだが、中屋敷、下屋敷と、格が下がるにしたがって用心も乏しくなる。

本多出雲守の中屋敷は、白壁に瓦を載せた築地塀《ついじべい》で、乗り越えて忍び込むことも、難しくはない様子であった。

宗龍と三台の荷車は、中屋敷の北側の、細い小道に入った。

ずいぶんと寂しげな場所だ。大名屋敷を建てるために必要な、広大な敷地を確保できた――ということは、つまりこの近辺がそれだけ人家に乏しい場所だった、ということでもある。

「ようし、ここでいい」

宗龍が足を止めた。三台の荷車と、それを引いたり、後ろから押してきた男たちの十五人に目を向けた。

「よし、ここで三つに分かれるで。一ノ組は出雲守の屋敷に付け火をする。二ノ組と三ノ組は、出雲守の屋敷が燃えあがったのを見計らって、近くの町人地に火を放つんや。出雲守の屋敷の火事が、飛び火したように見せかけるんやで」

火事は、自分の家屋敷の中だけで消し止めることさえできれば、罪が軽くてすむ。大名屋敷の火事などは、余所《よそ》へ延焼さえしなければ〝大焚火《おおたきび》〟と言い張って誤魔化すことができた。

たとえ御殿が焼け落ちてしまっても、「古くなった建物を焼却処分にしました」と幕府に届け出れば不問に付されるのだ。

しかし、余所に延焼してしまったら、この言い訳は通用しない。宗龍はあくまでも念入りに、本多出雲守を罪に追い込むつもりであった。

かくして二台の荷車はそれぞれ別の場所に向かった。

金剛坊はほっかむりの手拭いを取って、捩《ねじ》り鉢巻きにした。

「ようし、始めようぜ。良い具合に人の姿も見えねぇ」

武家屋敷は敷地が広いわりに暮らす者が少ない。大名屋敷の裏庭などは、宿直《とのい》の武士が一晩に何度か巡回にくることを除けば、ほぼ無人であった。

荷を縛っていた縄が解かれた。木箱に入れられていた木っ端や鉋屑が下ろされる。壺に詰めた油も用意してあった。

「本多屋敷の塀の向こうに投げ込むんや」

曲者《くせもの》たちは「へぇい」と低い声で答えると、木箱を運び始めた。

「俺に任せろ」

巨漢の金剛坊が両手にペッと唾を吐いた。手を湿らせて、木箱をムンズと摑み、頭上に担ぎ上げようとした――その時であった。

「野郎どもッ！　神妙にしやがれッ」

嗄《しゃが》れた大音声《だいおんじょう》が響きわたった。同時に、伏せられていた龕灯《がんどう》が起こされて、光が金剛坊たちに向けられた。

「その声は……、荒海一家の三右衛門！」

焦った金剛坊は頭上の箱を取り落とした。中に詰められていた木屑が地面に散らばった。

「おうよ！　八巻の旦那の、一ノ子分の三右衛門様でぃッ。やいっ悪党！　手前《てめ》えらが付け火を企んでいたことも、八巻の旦那は先刻ご承知なんでぃ！　神妙にお縄につきやがれッ」

三右衛門の背後には一家の子分たちがいた。身を翻《ひるがえ》して、道の逆方向に目を向けた金剛坊は、そこにも一家の子分たちが、手に手に六尺棒や刺股《さすまた》を構えているのを見た。

「クソッ、囲まれたか！」

金剛坊は叫んだ。

「だが、どうでもいいぜ！　昼間と同じように痛めつけてやらあ！」

曲者たちも強者《つわもの》揃いであるようだ。隠し持っていた匕首《あいくち》を抜いて、油断なく身構えた。

「往生際が悪いぜ！」

三右衛門が激昂《げっこう》する。同時に悪党たちが一斉に攻め掛かってきた。

荒海一家の子分たちも応戦する。六尺棒と匕首で打ち合う。互いに悪罵《あくば》を吐きつけながら、犬の喧嘩のようにもつれ合った。

曲者たちは、天満屋の元締が厳選しただけに、なかなかの手練《てだれ》揃いではあったが、それでもやはり、短い匕首と、六尺棒や刺股などの捕物道具では勝負にならない。

曲者たちはたちまち匕首を叩き落とされ、六尺棒で足を払われ転がされ、さらには滅多打ちにされて戦意を喪失したところで、腕をねじ上げられて縄を掛けられていった。

「くそっ！」

ただ一人、金剛坊だけが奮戦し続ける。突きつけられた刺股を握って奪い取った。

「なんてぇ野郎だ！」

三右衛門が歯軋《はぎし》りした。刺股などの捕物道具には、相手に摑み取られないように刺《とげ》が植えられている。しかしこの野獣には、その刺すら通用しない。

金剛坊は奪い取った刺股を大車輪に振り回した。荒海一家の子分衆が逃げまどう。このままでは、また昼間のように血路を開かれ、逃げられてしまう。

「同じ手を何度も食らうもんかい！」

三右衛門は肩ごしに振り返った。

「出番だぜ！　やっちまっておくんなせぇ！」

「どーれー」と答えて、暗がりから、金剛坊に負けないほどの巨漢が現われた。

羽織紐を解いて羽織を脱ぐ。着物はすでに襷《たすき》掛《が》けをしてあった。

「越後山村三万三千石、梅本帯刀《たてわき》が一子、源之丞である」

堂々と名乗りを上げながら踏み出してきた。

「なにを抜かしていやがる！　法螺《ほらふ》吹きもいいかげんにしやがれ！」

金剛坊は嘘だと決めつけた。確かにこの場に大名家の若君が出てくる、というのは奇怪《あや》しい。常識外である。

「まぁよいわ」

源之丞は若様育ちらしい淡白さでそう言うと、

「それを貸せ」

荒海一家の子分から六尺棒を受け取った。左足を前にした半身に構える。

「槍の常寸には足りないが、まぁ良かろう」

槍の長さは使用者の背丈の二倍程度が相当だとされている。

「佐分利《さぶり》流槍術の技の冴え、見せてくれるわ！」

源之丞はスルスルと前に出た。

「糞でも食らえ！」

金剛坊が一気に踏み出し、力任せに刺股を振るう。

「ムッ！」

源之丞は六尺棒の先で打ち合わせた。だが、刺股の先端は鉄製で重い。完全に打ち払うことはできない。身をよじって辛《から》くも逃れる。刺股に植えつけられた刺が、源之丞の着物の袖を引き裂いた。

先端の重たい刺股を振り回したせいで、金剛坊の腰がわずかによろめいた。その隙を源之丞は見逃さなかった。

「イィヤッ！」

六尺棒を鋭く突き出す。先端部分が金剛坊の鳩尾《みぞおち》を打った。

「ぐわっ！」

金剛坊は真後ろに吹っ飛んだ。

「今だ！　やっちまえ！」

三右衛門が叫ぶ。荒海一家の子分衆が殺到し、さんざんに棒で殴り、足蹴にする。

半死半生《はんしじょう》の金剛坊は、手も足も、雁字搦《がんじがら》めに縛りつけられ、芋虫のように転がった姿で気を失った。

「フンッ。たわいもない相手であったわ」

源之丞は六尺棒を子分に投げ返すと、そのまま悠然と立ち去った。捕物の顚末《てんまつ》は見届けるつもりもない様子だ。その足で遊里にしけこむのに違いなかった。

白壁の塀の際《きわ》に宗龍が座り込んでいる。ガックリと首を垂れて、茫然自失の有り様だ。

「手前ぇが首魁《しゅかい》か」

三右衛門が歩み寄る。宗龍は答えず、視線もどこに向けているのかわからぬ顔つきで、なにやらブツブツと呟いていた。

「関東者なんぞに捕まって、関東の刑場に屍《しかばね》を晒《さら》すことになるのは嫌や」

「上方だろうが江戸だろうが同じだ。どうせ最後にはこうなる定めだったのよ。それが悪党の一生ってもんじゃねぇか。さぁ、立ちやがれ」

三右衛門は宗龍を立たせると、縄を掛けた。

「親分！　こっちも首尾よく運びましたぜ！」

ドロ松が悪党たちを縄で数珠《じゅず》つなぎにしてやってきた。他の子分たちも得意満面だ。

「寅三兄ィも、別の組の悪党どもをとっ捕まえやしたぜ！」

三手に分かれた悪党たちは、荒海一家の子分衆の手で、一人残らずお縄にかけられたのだ。

宗龍は顔をしかめた。

「なんでや。どうしてわしらをこうも手際よく捕まえることができたんや」

三右衛門は得意気に、低い鼻を上に向けた。

「これが八巻の旦那の千里眼よ！……と言いてぇところだが、タネ明かしをすりゃあ、手前ぇたちの隠れ家を遠巻きに見張っていたのよ」

「なんだと」

「オイラの子分が、倉賀野宿で人買いの次郎兵衛を見かけてな、後を追けたってわけだ。次郎兵衛が売った娘を買い戻して、紅梅堂夫婦の目の前に突きつけてやった。……おい、その時に、そっちの動きは筒抜けなんだって、わからなくちゃおかしいじゃねぇか」

宗龍は舌打ちした。

「金剛坊め、そんな話は一切しなかった……。阿呆を仲間にしたせいで、この体《てい》たらくや」

宗龍は首を横に振った。

五

のどかな春の陽差しが二階座敷に差し込んでいる。吉原の大見世《おおみせ》、大黒屋で、卯之吉は昼から酒を飲んでいた。

「上手《うま》い具合に片づきましたねぇ。皆様のお陰です」

「皆様の——じゃねぇ。捕物の時、卯之さんはどこに行っていたんだよ」

源之丞が渋い顔つきで訊ねる。

「俺たちばっかり働かせやがって」

一方の卯之吉はまったく悪気がない。

「春とは言っても寒いですからねぇ。夜歩きは御免ですよ。それに捕物は物騒ですからねぇ」

「なんだぁ?」

あまりに身勝手な物言いに、さすがの源之丞も啞然《あぜん》となった。卯之吉はその表情を見て「フフフ」と笑った。

「冗談ですよ。本当は本多出雲守様のお屋敷に伺《うかが》っていたのです。ことの次第をお伝えしなくちゃいけませんからね。なにしろご老中様のお一方《ひとかた》が関わっていたのです。表沙汰になったりしたら、ご公儀の御面目が損なわれてしまいます」

源之丞は「ふん」と鼻を鳴らした。

「それで、筆頭老中サマは、どういうご裁断を下したんだよ」

「さぁてねぇ。お上のことはさっぱりですよ。手前の祖父にでも聞いてくださいまし」

「卯之さんのところの業突《ごうつく》爺《じじい》が、俺に教えてくれるわけがねぇだろう」

「ともかくです。相模守様は藩の公金で材木を買い集めなさいました。借金までしたと聞きましたよ。首尾よく江戸が丸焼けになれば、大金を手に入れることができたのでしょうが、そうもいきません。これから梅雨、そして夏になりますからねぇ」

大火事が発生するのは冬場の乾燥した季節だ。乾いた北風が大火の原因となる。

「売れない材木を抱えてしまった相模守様は、もう、筆頭老中ご就任どころではないでしょうね。いったいこれからどうなさるおつもりなんでしょうね」

「大名が商売っ気などを出すから、こういうことになるのだ」

「あたしは商人でございますが、こんな借金は負いきれませんよ。ハハハ」

源之丞は（お前は商人じゃなくて同心だろう）と思ったのだけれども、黙っていた。道理を言い聞かせても通じる相手ではない。

「ま、なんにしても良かったぜ。三国屋が没落しちまったら、こうして卯之さんと派手に遊ぶこともできなくなる」

宴席の代金はもっぱら卯之吉に任せている源之丞は、盃の酒を飲み干した。

六

「宗龍と金剛坊が捕まったか」

遠くで波の音がする。窓の隙間からは潮の臭いが吹き込んできた。ここは天満屋の隠れ家である。竹藪に囲まれたあの隠れ家は、すでに放棄した後であった。

廊下には、早耳ノ才次郎が控えていた。

「かどわかしに使ったお仙と、人買いの次郎兵衛まで、縄に掛かっちまったみてぇです」

「八巻め」

天満屋は煙管《きせる》の雁首を灰吹きに打ちつけた。手下たちの前では決して感情を表わすことのなかった男が、ついに怒りを抑えきれなくなったのだった。

「元締、あっしらにはまだ、毒医師の大橋式部と、石川左文字がおりやすぜ」

場を明るくするつもりで才次郎は言ったが、天満屋はまったく返事をしなかった。代わりに長々と黙考した。

「お峰《みね》はどうしている」

「へっ？」

「上方に逃がしてやったお峰だよ」

「ああ、あの女狐《めぎつね》ですかい。それがなにか？」

「江戸に呼び戻せ。八巻退治には、あの女の力がいる」

「へっ……、へいっ」

才次郎は急いで走り出て行った。天満屋は煙管の莨《たばこ》を詰め直すと、火をつけて深々と吸った。

双葉文庫

は-20-14

大富豪同心《だいふごうどうしん》

千里眼《せんりがん》 験力比《げんりきくら》べ

2014年 2月15日 第1刷発行
2023年10月 3日 第8刷発行

【著者】

幡大介《ばんだいすけ》

【発行者】

箕浦克史

【発行所】

株式会社双葉社

〒162-8540 東京都新宿区東五軒町3番28号
［電話］03-5261-4818(営業部) 03-5261-4833(編集部)
www.futabasha.co.jp(双葉社の書籍・コミックが買えます)

【印刷所】

株式会社新藤慶昌堂

【製本所】

大和製本株式会社

【カバー印刷】

株式会社久栄社

【フォーマット・デザイン】

日下潤一

ISBN978-4-575-66655-7 C0193
Printed in Japan

稲葉稔
影法師冥府《めいふ》おくり
父子《おやこ》雨情《うじょう》
長編時代小説
父を暴漢に殺害された青年剣士・宇佐見平四郎は、師と仰ぐ平山行蔵とともに先手御用掛として、許せぬ悪を討つ役目を担うことに。

今井絵美子
すこくろ幽斎診療記
秋暮るる
時代小説〈書き下ろし〉
女房を亡くしたばかりの駈吉が、肝の臓の病で施薬院幽々庵に運び込まれた。残された子供四人も草の実荘に預けられるが……。

風野真知雄
新・若さま同心　徳川竜之助
南蛮の罠
長編時代小説〈書き下ろし〉
蒸気の力で大店や大名屋敷の蔵をこじ開ける大胆不敵な怪盗・南蛮小僧が江戸の町に現れた。竜之助が考えた南蛮小僧召し取りの奇策とは？

風野真知雄
新・若さま同心　徳川竜之助
薄闇の唄
長編時代小説〈書き下ろし〉
唄い踊りながら人を斬る「舞踏流」という奇妙な剣を遣う剣士が、見習い同心の徳川竜之助に襲いかかる！　好評シリーズ第五弾。

佐伯泰英
居眠り磐音《いわね》　江戸双紙 40
春霞《はるがすみ》ノ乱
長編時代小説〈書き下ろし〉
中居半蔵に呼び出され佃島に向かった坂崎磐音は、藩物産事業に絡む疑念を打ち明けられる。折りしも佃島沖に関前藩新造船が到着し……。

佐伯泰英
居眠り磐音《いわね》　江戸双紙 41
散華《さんげ》ノ刻《とき》
長編時代小説〈書き下ろし〉
関前藩の内紛で窮地に落ちた父正睦を救った坂崎磐音。江戸藩邸で藩主の正室お代の方の変わり果てた姿を目の当たりにした磐音は……。

佐伯泰英
居眠り磐音《いわね》　江戸双紙 42
木槿《むくげ》ノ賦《ふ》
長編時代小説〈書き下ろし〉
関前藩主福坂実高一行を、父正睦とともに六郷土手で迎えた坂崎磐音は、参勤上番に従う一人の若武者と対面し、思わぬ申し出を受ける。

佐伯泰英
居眠り磐音《いわね》　江戸双紙43
徒然《つれづれ》ノ冬
長編時代小説
〈書き下ろし〉
坂崎磐音はおこんらとともに、田沼一派の襲撃で矢傷を負った霧子を小梅村に移送するため、療養先の若狭小浜藩邸に向かっていたが……。

佐伯泰英
居眠り磐音《いわね》　江戸双紙44
湯島ノ罠
長編時代小説
〈書き下ろし〉
陸奥白河藩主、松平定信の予期せぬ訪問を受けた坂崎磐音。同じ頃、弥助と霧子の二人が小梅村から姿を消し……。シリーズ第四十四弾。

佐伯泰英
居眠り磐音《いわね》　江戸双紙44
空蟬《うつせみ》ノ念《ねん》
長編時代小説
〈書き下ろし〉
尚武館に老武芸者が現れ、坂崎磐音との真剣勝負を願い出た。その人物は直心影流の同門にして〃肱砕き新三〃の異名を持つ古強者だった。

坂岡真
帳尻屋始末
抜かずの又四郎
長編時代小説
〈書き下ろし〉
訳あって脱藩し、江戸に出てきた琴引又四郎は闇に巣くう悪に引導を渡す、帳尻屋と呼ばれる人間たちと関わることになる。期待の第一弾。

坂岡真
帳尻屋始末
つぐみの佐平次
長編時代小説
〈書き下ろし〉
「帳尻屋」の一味である口入屋の蛙屋忠兵衛と懇意になった琴引又四郎は、越後から女房を捜しにやってきた百姓吾助と出会う。好評第二弾。

芝村涼也
返り忠兵衛　江戸見聞
野分荒ぶ《のわきすさぶ》
長編時代小説
〈書き下ろし〉
魚河岸を通さず江戸で活鯛を売買する違法な〈脇揚げ〉に定海藩が関わっているらしいと聞かされた忠兵衛。天明の鬼六がついに動き出す。

芝村涼也
返り忠兵衛　江戸見聞
風巻凍ゆ《しまきこご》
長編時代小説
〈書き下ろし〉
佃島で一夜を明かした筧忠兵衛を狙う、新たな刺客。生け簀船を破壊され、江戸への足がかりを失った天名の鬼六の魔手が定海に迫る。

鈴木英治
口入屋用心棒26
兜割《かぶとわ》りの影
長編時代小説〈書き下ろし〉
江戸市中で幕府勘定方役人が殺された。その惨殺死体を目の当たりにし、相当な手練による犯行と踏んだ湯瀬直之進は探索を開始する。

鈴木英治
口入屋用心棒26
判《はん》じ物《もの》の主《ぬし》
長編時代小説〈書き下ろし〉
呉服商の船越屋岐助から日本橋の料亭に呼び出された湯瀬直之進は、料亭のそばで事切れていた岐助を発見する。シリーズ第二十七弾。

高橋三千綱
大江戸剣聖 一心斎
秘術、埋蔵金嗚咽《オエツ》
長編時代小説
目付を斬った中村一心斎に幕閣の魔の手が迫る。武田の埋蔵金を餌に着々と進められる卑劣な陰謀。絶体絶命の危機、どうする一心斎!?

千野隆司
駆け出し同心・鈴原淳之助
霜降の朝
長編時代小説〈書き下ろし〉
岡っ引き繁蔵を狙う賊は父・左門の仇なのか!?地を這うような探索の末に、意外な人物が浮かび上がる。好評シリーズ第四弾!

千野隆司
駆け出し同心・鈴原淳之助
権現の餅
長編時代小説〈書き下ろし〉
江戸で横行する不埒な闇米商売。探索に乗り出した淳之助だが、影で糸を引く米問屋はなかなか姿を現さない……。好評シリーズ第五弾!

葉室 麟
川あかり
長編時代小説
藩で一番の臆病者と言われる男が、刺客を命じられた! 武士として生きることの覚悟と矜持が胸を打つ、直木賞作家の痛快娯楽作。

幡大介
八巻卯之吉 放蕩記
大富豪同心
長編時代小説〈書き下ろし〉
江戸一番の札差・三国屋の末孫の卯之吉が定町廻り同心になった。放蕩三昧の日々に培った知識、人脈、財力で、同心仲間も驚く活躍をする。

幡大介

大富豪同心
天狗小僧

長編時代小説〈書き下ろし〉

油問屋・白滝屋の一人息子が、高尾山の天狗にさらわれた。見習い同心の八巻卯之吉は、上役の村田銕三郎から探索を命じられる。

幡大介

大富豪同心
一万両の長屋

長編時代小説〈書き下ろし〉

大坂に逃げた大盗賊一味が、江戸に舞い戻った。南町奉行所あげて探索に奔走するが、見習い同心の八巻卯之吉は、相変わらず吉原で放蕩三昧。

幡大介

大富豪同心
御前試合

長編時代小説〈書き下ろし〉

家宝の名刀をなんとか取り戻して欲しいと頼み込まれ、困惑する見習い同心の八巻卯之吉。そんな卯之吉に剣術道場の鬼娘が一目ぼれする。

幡大介

大富豪同心
遊里の旋風《かぜ》

長編時代小説〈書き下ろし〉

吉原遊びを楽しんでいた内与力・沢田彦太郎に遊女殺しの疑いが。窮地に陥った沢田を救うべく、八巻卯之吉が考えた奇想天外の策とは!?

幡大介

大富豪同心
お化け大名

長編時代小説〈書き下ろし〉

田舎大名の上屋敷で幽霊騒動が起き、怨霊に取り憑かれ怯える藩主。吉原で八巻卯之吉の名声を聞いた藩主は、卯之吉に化け物退治を頼む。

幡大介

大富豪同心
水難女難

長編時代小説〈書き下ろし〉

八巻卯之吉の暗殺と豪商三国屋打ち壊しの機会を密かに狙う元盗賊の女狐・お峰。窮地に立たされた卯之吉に、果たして妙案はあるのか。

幡大介

大富豪同心
刺客三人

長編時代小説〈書き下ろし〉

捕縛された元女盗賊のお峰が、小伝馬町の牢から脱走。悪僧・山嵬坊と結託し、三人の殺し人を雇って再び卯之吉暗殺を企む。